D'AUTRES SOUPERS DE FILLES

De la même auteure

Soupers de filles, Libre Expression, 2018.

Une nuit, je dormirai seule dans la forêt, Libre Expression, 2015.

Ces mains sont faites pour aimer, Libre Expression, 2014.

Où vont les guêpes quand il fait froid ?, Libre Expression, 2013.

Pascale Wilhelmy

D'AUTRES SOUPERS DE FILLES

Catalogage avant publication de Bibliothèque et Archives nationales du Québec et Bibliothèque et Archives Canada

Titre: D'autres soupers de filles / Pascale Wilhelmy.
Noms: Wilhelmy, Pascale, auteur.
Identifiants: Canadiana 20210042656 | ISBN 9782764814901
Classification: LCC PS8645.I434 D38 2021 | CDD C843/.6—dc23

Édition: Marie-Eve Gélinas
Coordination éditoriale: Pascale Jeanpierre
Révision et correction: Marie Pigeon Labrecque et Sabine Cerboni
Couverture et mise en pages: Axel Pérez de León
Photo de l'auteure: Julien Faugère

Cet ouvrage est une œuvre de fiction; toute ressemblance avec des personnes ou des faits réels n'est que pure coïncidence.

Remerciements
Nous remercions le Conseil des Arts du Canada et la Société de développement des entreprises culturelles du Québec (SODEC) du soutien accordé à notre programme de publication.
Gouvernement du Québec − Programme de crédit d'impôt pour l'édition de livres − gestion SODEC.

Tous droits de traduction et d'adaptation réservés; toute reproduction d'un extrait quelconque de ce livre par quelque procédé que ce soit, et notamment par photocopie ou microfilm, est strictement interdite sans l'autorisation écrite de l'éditeur.

© Les Éditions Libre Expression, 2021

Les Éditions Libre Expression
Groupe Librex inc.
Une société de Québecor Média
4545, rue Frontenac
3ᵉ étage
Montréal (Québec) H2H 2R7
Tél.: 514 849-5259
libreexpression.com

Dépôt légal − Bibliothèque et Archives nationales du Québec et Bibliothèque et Archives Canada, 2021

ISBN: 978-2-7648-1490-1

Distribution au Canada
Messageries ADP inc.
2315, rue de la Province
Longueuil (Québec) J4G 1G4
Tél.: 450 640-1234
Sans frais: 1 800 771-3022
www.messageries-adp.com

Diffusion hors Canada
Interforum
Immeuble Paryseine
3, allée de la Seine
F-94854 Ivry-sur-Seine Cedex
Tél.: 33 (0)1 49 59 10 10
www.interforum.fr

Karma et lumières

On n'occupe jamais tout l'espace. Il reste toujours une moitié du lit, laissée à elle-même. Intacte. Comme si elle était sacrée. Je dors depuis si longtemps dans ma zone réservée, respectant les frontières d'un territoire imaginaire. Qu'est-ce qui m'a menée là ? Des années d'habitude, la crainte de prendre toute la place ? Trop longtemps ?

En étirant le drap de lin d'un gris tendre, je m'interroge sur ce mystère de mes nuits. Je porte un pyjama soyeux, qui me donne l'impression d'être belle, même au lever. J'enfile aussi des nuisettes maintenant. Elles ne reposent plus dans des boîtes en attente du moment idéal, de l'amant sous le charme.

Celui qui, finalement, se balance éperdument de ce que vous portez. Il veut seulement que vous occupiez la table, le plancher ou le lit – qui demeure la plus confortable des options, surtout dans les marathons des commencements.

J'ajuste l'édredon. Je l'étire pour le niveler, le lisser. Une manie chez moi. Chaque drap, chaque couverture, comme un lac glacé, lustré, sans vagues. Une manière de me rassurer, un signal pour me convaincre que tout va bien. Je maîtrise la situation. Ce matin, en repassant de ma paume le dernier pli, je me décide. Je largue la symétrie, les duos parfaits d'oreillers et de coussins, empilés dans un nuancier de vert tilleul, sagement étudié. Je pose ceux que j'utilise au centre. Ce soir, je prendrai l'espace qui me revient. Je dormirai les bras en croix. Je tanguerai, j'oscillerai sans contrainte dans ce lit que je ne partage plus.

◆

Trente-six mois que je n'ai pas fait l'amour. Ni le sexe sans amour, pour libérer quelques toxines. Une éternité. Trente-six mois bien comptés, sans avoir besoin de faire de cercles au calendrier comme dans l'attente impatiente d'une date précise, d'une fête, d'un voyage.

Mes amies s'étonnent. S'inquiètent à la limite. Je ne suis pas comme elles. Je ne m'étends pas sur une table de restaurant pour me faire prendre par un cuisinier ou son sous-chef afin de faire un bébé et récolter à la place la gonorrhée. Oui, le H après les R, toujours.

Je ne saute pas sur le chauffeur d'un camion brun aux lettres dorées, signe de fiabilité depuis des années. Je ne l'embrasse pas lorsqu'il frappe à ma porte avec des colis, aussi espérés qu'ils soient. Les paquets, et l'homme peut-être. Je ne tombe pas éperdument amoureuse de lui jusqu'à ce que je comprenne, une année plus tard, qu'il ne laissera jamais femme et enfants pour moi. Et que je me retrouve brisée, comme Kim. Blessée. Avec un enfant dans le ventre, qu'elle a décidé de ne plus porter.

Trente-six mois, j'ai peine à y croire. Pourtant, il y a eu des occasions. Un premier janvier, avec un homme qui a tiré ma petite culotte, haute, tout ce que j'ai en commun avec Marilyn Monroe. Dans un compliment maladroit, il m'avait susurré – effluves d'alcool compris – que je dansais bien pour mon âge. J'aurais pu partir avec lui. Comme l'ont fait, avec de parfaits inconnus, Alex et Kim. Lili aussi, si je me rappelle bien.

Les possibilités n'ont pas manqué. Hier encore, avec ce policier venu à ma porte à quatre heures du matin. Je partais travailler, un remplacement temporaire à la radio. J'avais garé ma voiture devant l'appartement, la veille. Elle n'y était plus. Disparue.

J'ai composé le numéro à trois chiffres, celui qui évoque le pire. J'ai insisté, ce n'était pas une urgence. Seulement un vol. La nuit devait être tranquille, la pleine lune lointaine, car cinq minutes plus tard ils ont débarqué à deux. Je leur ai demandé de ne pas faire de bruit, les enfants dormaient. Nous avons chuchoté. Je leur ai raconté.

On venait de me voler ma première belle voiture. Celle qui marquait mon indépendance. Un coup de folie. Une fois encore pour me convaincre que tout irait bien. Nous n'allions manquer de rien. Je pourrais désormais payer toutes mes factures sans les habituels retards. J'ignore si c'est le café que je leur ai offert, le calme dans la pièce, sa lumière feutrée, nos murmures, ni l'un ni l'autre ne semblait pressé de partir. Au contraire, tous les deux m'écoutaient, attentifs. Sans doute étonnés d'autant de confidences. Celles que je jette d'un trait, et que je regrette rapidement.

Les deux hommes en uniforme, dans la trentaine, avaient cessé de prendre des notes. La disparition de mon véhicule n'était plus à l'ordre du jour. Dans ma cuisine fraîchement repeinte, j'ai déballé mon histoire. La Toyota Corolla turquoise que j'avais eue en garde partagée. Une semaine sur deux, en même temps que les enfants.

Plus tard, ces derniers m'avaient avoué qu'ils préféraient marcher plutôt que je les conduise à l'école dans cette mal-aimée. Certaines voitures acquièrent un charme en vieillissant. Celle-là encaissait péniblement les traces du temps. À la fin, sa couleur m'irritait. À une époque, elle avait même connu ses heures d'humiliation. Le temps d'une promotion et de la gêne des enfants qui grandissait les jours de recyclage. C'était si simple et une belle aubaine : deux marques de céréales proposaient au dos de leur emballage des coupons pour aller gratuitement au cinéma. Ça m'avait suffi pour ralentir devant les bacs et récupérer les boîtes.

— Maman, tu vas pas faire ça !
— Certainement.
— Si mes amies me voient...
— Elles sauront qu'on aime les films ! Qu'on a de la culture !

Le temps des récoltes en famille a été bref. J'ai compris le malaise, accentué par le turquoise rouillé d'une Toyota. J'ai poursuivi ma quête, en solo, sur le chemin du retour. Sans honte. Satisfaite à la perspective de tout ce septième art gratuit avec les enfants.

Les policiers m'écoutaient évoquer cette part de vie, intimement liée à cette vieille voiture. J'étais sur le point de partir. Maquillée, prête pour le travail. Pour qu'ils ne s'inquiètent pas des enfants qui dormaient, j'ai expliqué, comme une excuse, qu'ils se débrouillaient très bien seuls le matin. Le soir, j'étais là pour les accueillir. Après avoir rempli les constats d'usage et m'avoir remerciée pour le café, ils ont poussé la bienveillance jusqu'à attendre le taxi avec moi.

Dans la journée, j'avais un message. Celui au regard chaleureux me demandait si tout allait bien. Si j'avais communiqué avec mon assureur. Je pouvais le rappeler, si je le voulais. Je n'arrivais pas à tracer la ligne entre l'aspect professionnel et personnel de l'appel. Une part de moi le désirait. Totalement. L'autre, celle qui redoutait, qui craignait de se tromper – parce qu'on en vient à ne plus se croire intéressante –, a gagné. Pourtant, ce matin où ma première belle voiture a disparu, il y avait dans la cuisine avec ces deux policiers une forme de douceur. Une occasion manquée, peut-être.

◆

— Ta voiture !
— Tu l'avais barrée ?
— T'avais des trucs dedans ?
— Oui, des livres, des disques, des chaussures, du maquillage, du parfum.
— Tout ça ?! Il te manque une pièce dans l'appartement ? se moque Kim.
— C'est tellement con, qu'est-ce qu'ils vont en faire ?
— Les vendre, j'imagine. J'en doute, mais j'espère qu'ils vont se sentir salement coupables.

— Le karma va s'en charger. Ils vont avoir une crevaison, ou foncer dans une boîte aux lettres, déclare Lili, solennelle. Si ce n'est pas dans cette vie-ci, ce sera dans la prochaine.

— Une boîte aux lettres ? D'où tu sors ce genre d'image ?

— Elle a raison, soutient Kim. Tout ce que tu crées te revient.

Nos conversations prennent d'étranges chemins. Le vol de ma voiture et l'appel du policier que j'aurais pu marier font place à une discussion plus philosophique (qui déprimerait sûrement les véritables philosophes).

Nous sommes attablées toutes les cinq, exactement là où, il y a plusieurs mois, Alex nous a terrorisées. Victime d'une fulgurante réaction allergique, elle s'étouffait sous nos yeux. La panique totale autour d'elle. Nos cris pour la sauver, moi qui lui enfonce un comprimé dans la gorge. Lili qui me hurle que je vais la tuer. Cinq minutes d'angoisse et de déroute. Tout le restaurant a assisté à une scène d'épouvante. Jusqu'au moment où, le danger écarté, une armée de pompiers munis de leur équipement encombrant a envahi les lieux. La mourante s'en est sortie indemne, si on oublie la blessure d'orgueil. Elle se sait maintenant allergique à certains rouges à lèvres. De notre côté, nous avons appris qu'elle avait eu une aventure qui avait mal tourné avec un magnifique pompier.

Et il l'avait vue, ce soir-là, les lèvres gonflées, sur le point d'éclater.

Nous avons choisi l'endroit en riant. En nous demandant quel drame nous attendrait cette fois.

— Il faut exorciser cette soirée! a clamé Alex, au sommet de sa forme.

Comme nous toutes, elle les trouve précieux, nos soupers de Gonzelles, ce nom dont nous nous sommes affublées à nos débuts. Cette contraction de «gonzesses» (femmes, filles, parfois de mœurs légères, selon le dictionnaire) et de «gazelles». Ces rencontres, même si elles font à l'occasion place au chaos ou aux engueulades, se terminent toujours par des embrassades, des réconciliations. On finit par célébrer la force de notre groupe : cinq filles qui se sont connues dans le cadre d'un projet de télévision intense, prenant. On dit encore aujourd'hui que nous avons fait la guerre ensemble. Au fil des saisons, des tournages, il y a eu des soupers, qui sont devenus tout naturellement essentiels. Comme ces amitiés surprenantes entre filles très différentes.

Autour de la table ronde – l'expérience nous a démontré que c'est l'idéal, à cinq –, il y a Kim, droite, élancée. Aux remarques acidulées, au sens critique surdéveloppé. Elle se croyait blindée, inébranlable, jusqu'à ce qu'elle tombe amoureuse d'un homme qui ne la méritait pas. Ponctuelle, elle est la première arrivée à nos rendez-vous. Aussi la première à houspiller lorsque nous nous pointons en retard. À nous rappeler qu'on serait incapables de travailler dans une grande entreprise. Elle est la seule d'entre nous à avoir quitté le milieu de la télévision, à ne pas être pigiste.

Au-delà de son allergie aux rouges à lèvres, Alex, notre camérawoman, est solide et fonceuse. Hyperactive. Elle voyage beaucoup pour son travail. Hiver comme été, elle porte d'élégantes camisoles qui mettent en évidence ses épaules musclées, et une multitude de bracelets à ses poignets, qu'elle rapporte de ses aventures autour du monde.

Lili ne change pas, elle reste attentionnée, fragile, avenante. Les équipes tombent sous son charme. Elle flotte, en laissant un nuage parfumé sur son passage, en faisant danser ses robes. Sensible et romantique, elle est l'enfant du groupe, gâtée par des parents omniprésents.

Pourtant, la plus jeune, c'est Juliette. Notre mystère. Assistante de production organisée et cartésienne, discrète et sage, elle ne se livre pas facilement. Tout le monde l'adore sur les plateaux de tournage. Depuis quelque temps, elle affiche une chevelure colorée qui change au gré de ses humeurs. Comme elle est très occupée, elle a choisi son propre uniforme de travail : des t-shirts blancs, impeccables, deux ou trois marinières, deux vestons hyper bien taillés, un marine et un noir, et des jeans à la coupe irréprochable. Selon les contrats, les événements, elle opte pour des baskets blanches ou des bottillons noirs. Rien de plus, sinon deux petits anneaux dorés aux oreilles. Le look parfait.

◆

Et notre karma à nous ? À quoi ressembleront notre vie, notre avenir en fonction de nos actions, de nos comportements ?

— Si ça se trouve, je vais me marier, avoir deux enfants. Puis mon amoureux va me tromper avec la première venue. Une fille qu'il ne connaît pas, qui va l'obséder. Il va avoir une longue histoire avec elle, mais sans vouloir me quitter. Je vais être cocue. C'est mon karma, déclare Kim.

— Le karma, ce n'est pas d'inverser tout ce que t'as fait. Ça va plus loin que cette existence. On se réincarne, aussi. Ta vie, en ce moment, n'est rien de plus que les répercussions de tes vies précédentes, explique sérieusement Lili.

— Tu prends de la drogue ou quoi ?

— Je lis, je me renseigne. J'explore, réplique notre sensible amie. J'ai besoin de croire en quelque chose. Je manque d'inspiration. Je vais finir par trouver.

— T'as absolument besoin d'une croyance ? Tu ne peux pas faire sans la religion ni tous les hommes qui la dominent ? Trouve-moi une religion où les femmes ont leur place, et go, j'y vais ! Je me présente même comme pape ! rétorque Alex.

— Tu serais prête à faire vœu de chasteté ? ironise Kim.

Lili enchaîne. Elle cherche une religion qui soit juste, équitable, féministe. Ça reste à inventer. Je la comprends, à ma manière.

— T'as raison, Lili. Croire en rien, c'est un peu triste. Tu sais ce que je fais maintenant ? Je parle à mon père. Peu importe où il se trouve.

— Il est ton Dieu ?

— Non, juste le seul auquel je crois fidèlement... Qui ne m'a jamais déçue.

— Et il te répond ? se renseigne Juliette, qui a silencieusement suivi toute la conversation.

La réponse est positive. Je préfère m'abstenir.

— Attends, je vais lui parler, dis-je en souriant et en fermant les yeux.

À cet instant précis – pas cinq secondes plus tôt ni plus tard, à cet instant précis –, à la fin de ma phrase, un bruit sec se fait entendre. Et le restaurant est plongé dans le noir total, sauf quelques lueurs de bougies vacillantes sur la table.

Un véritable film. Bon ou mauvais. Au choix.

◆

— J'ai peur !

— Les clients qui t'ont entendue hurler aussi, réplique Kim en s'adressant à Lili, qui a réagi vingt décibels plus fort que nous toutes.

— Ordonne à ton père de rallumer les lumières... murmure Juliette, la mine grave.

— Oui, bonne idée, parce que là, je vais avoir un malaise.

Tous les clients ont baissé le ton, saisis eux aussi, je présume. Alors, moi qui l'implore de protéger les enfants, qu'on ne manque de rien, ou de me donner la force d'ouvrir un pot de confitures trop bien scellé, je prie mon père de ramener l'électricité. Une fois encore, pour les trucs techniques, il n'est pas disponible.

Juliette souligne que nos plats vont être froids. Que c'est inacceptable qu'un restaurant ne soit pas équipé d'une génératrice. Kim, comme la majorité des autres clients, a allumé la lampe de poche de son cellulaire. Un peu plus et on se croirait dans un concert, en plein rappel.

Dans un étrange effet d'entraînement, les clients poursuivent leurs échanges en chuchotant. Le chef a quitté ses fourneaux pour venir nous rassurer. L'électricité reviendra bientôt, nous serons tous servis le plus rapidement possible. Lili est sous le choc. Plus que moi. Elle enfonce sa tête blond framboise dans son immense col roulé en cachemire gris souris. Cadeau de ses parents.

— Il est souvent présent, ton père ? Il déplace des trucs ?

— C'est lui qui passe l'aspirateur chez elle, rétorque Kim.

— Il a même envoyé quelqu'un lui voler sa voiture pour éviter qu'elle dépasse encore les limites de vitesse, plaisante Juliette.

Possible, soutient Lili, qui n'aime pas ma conduite. Elle maintient qu'elle croit fermement aux contacts avec les défunts. Elle a lu sur un tas de phénomènes réels : se sentir touché par une présence, une montre qui s'arrête à l'heure du décès, un cadre de photo qui craque...

— Un appareil électrique qui s'allume et s'éteint, aussi. Ton père, il communique avec toi par la lumière.

— Non. C'est un simple hasard. Je n'y crois pas...

— Ça t'arrive, des lumières qui s'éteignent ? m'interroge Juliette.

Oui. Mais le moment est mal choisi pour en parler. Depuis son départ – ça reste plus facile à dire que « décès » ou « mort », si brutalement proches de la réalité –, j'ai eu droit à quelques performances lumineuses inédites. À de subtiles sensations de vent autour de moi, également. Un souffle doux et terrorisant à la fois. Je refuse de me laisser affecter. Ça exige un immense effort.

Nous mangeons tiède. Juliette a presque vu juste. La serveuse s'excuse. Elle est gentille. Pressée par d'autres clients impatients qui attendent leurs plats, elle écoute Lili lui expliquer que cette subite panne d'électricité qui a épargné tout le quartier, sauf le restaurant, c'est la faute de mon paternel.

À la fin du repas, pour notre traditionnel autoportrait, nous faisons vite.

— Si un lampadaire s'éteint, je perds connaissance, annonce Lili.

— Lili, on ne perd pas connaissance. Tu ne vas pas perdre tout ce que tu sais. On perd conscience! la corrige Kim.

— Alors, si un lampadaire s'éteint, je m'évanouis, ça te va comme ça?

— Lili!! s'exclament trois voix qui ont sûrement envisagé un scénario semblable. En secret.

Sans dire un mot, nous nous éloignons de toute source de lumière. Pour une rare fois, aucune d'entre nous ne vérifie les photos, ne les commente. On ne se préoccupe plus de notre profil, d'un double menton ou d'une chevelure mal placée. Nous nous embrassons en vitesse. Juliette me fait promettre de l'appeler si mon père se manifeste encore cette nuit et que j'ai la trouille. Kim et Alex aussi.

— Moi, tu m'oublies! Interdit! Tu te fies aux autres! Je n'arriverai pas à dormir, me prévient Lili.

— Un peu d'insomnie, ça te donnera du temps pour te trouver une religion, conclut Kim en lui faisant la bise.

En rentrant à l'appartement, j'en fais le tour. Je débranche les appareils électriques les plus bruyants, peu enthousiaste à la perspective de me faire réveiller par un broyeur ou une télé qui se mettent à fonctionner dans la nuit. Je dévisse les deux ampoules de mes lampes de chevet et décroche une photo de mon père. Puis je fais un pacte avec lui.

« J'arrête de te déranger, de te demander n'importe quoi. À partir de maintenant, les lumières qui s'allument toutes seules, je vais croire au hasard. Et s'il te plaît, ne touche pas aux meubles. Pour le reste, veille sur moi. Je t'aime. »

Auréolée

«T'as vu ?!»
«C'est malade!»
«Ton père était là!»
Par textos, nous échangeons sur la photo prise en vitesse hier. Nous sommes là toutes les cinq, à afficher des visages qui nous trahissent. Teintés d'urgence. Des filles qui, malgré leur sourire, ont une seule envie : en finir au plus vite avant un nouveau signe de l'au-delà.

Ni à côté ni trop haut, directement au-dessus de ma chevelure foncée, décoiffée après la soirée, il y a une étrange lumière. Très nette dans le noir. Elle part d'une épaule, fait le tour de ma tête, retombe de l'autre côté. Je suis enveloppée. Auréolée. On soupçonnerait une retouche volontaire. J'ai un anneau de lumière autour de la tête. Et la trouille, ce matin. Je m'accroche à l'entente conclue avec mon père, la veille.

« Les filles, tout va bien. J'ai fait un pacte avec lui. C'était sa manière de me dire au revoir. »

« T'es certaine ? »

« Oui, Lili. Il a toujours tenu ses promesses. »

La sauge de Lili

— Salut, Mathieu! lance Kim en entrant dans l'appartement. Il est là? Il va bien?

Mathieu, c'est mon père. Celui qui m'envoyait des signes d'affection à travers les lumières qui dansaient sur mon passage. Depuis mon dernier souper avec les filles, il ne se manifeste plus.

— J'imagine qu'il va bien. Je n'ai plus de nouvelles de lui.

— La photo, ça donnait des frissons...

Kim a été secouée. Lili, carrément terrorisée. Pour cette raison, j'ai insisté pour que le prochain souper se fasse chez moi. Rapidement. Un peu comme le diachylon qu'on retire d'un seul coup. Ou la route qu'on reprend après un accident. Il faut agir vite. Ne pas laisser la peur s'installer. En plus, je souhaite que les filles remarquent mon travail. J'ai repeint le long couloir et la cuisine, d'un vert « Trèfle chanceux » et d'un pêche radieux malgré son nom. Exactement comme chez Tendresse, le resto où, lorsqu'il m'a apporté le menu, j'ai demandé au garçon de table s'il avait la carte des couleurs. Celles du resto. J'avais besoin d'éclat, d'un projet distrayant par cette journée de mars chagrine et pluvieuse. Mars peut être maussade parfois, n'avoir rien à envier à novembre.

Je ne devais pas être la seule à aimer le décor ; le serveur est revenu peu après avec deux cartons, les échantillons de peinture.

— Ça vous arrive souvent, si je comprends bien...
— Une fois par semaine environ. Vous cherchez un peintre ?

Cette fois-là encore, j'ai fait preuve d'une nullité absolue. Il voulait me recommander un vrai peintre ? Il proposait de venir chez moi, étendre ces couleurs qu'il fréquentait au quotidien ? Il n'était pas remarquable, pas de traits forts, ni une allure imposante. Il semblait plutôt avenant. Son sourire, son apparente sincérité, et les plis de ses yeux qui accompagnaient le mouvement m'ont ramenée en arrière. À un lointain coup de cœur. Mais les coups de cœur, ça n'a rien à voir avec la bicyclette. Ça ne revient pas aisément. On oublie. On se met à pédaler dans toutes les directions.

Alors, j'ai déballé d'un seul souffle que je peignais seule. J'étais moins douée pour le découpage. Avec le temps, j'y parviendrais. J'avais espoir. Il fallait se faire confiance dans la vie. Et j'ai terminé ce monologue inutile et navrant par un rire nerveux, parfaitement inapproprié. Comme mes confidences. Assurément, je jacassais trop dans ces moments de gêne. J'ai passé la suite du repas concentrée sur mon téléphone. Comme si j'allais y régler le sort du monde. Puis, à bout de batterie, je n'ai rien trouvé de mieux que de m'attaquer au napperon de papier et aux échantillons de couleurs. À les plier et replier furieusement. L'origami de l'embarras.

◆

— Wow! Super, tes couleurs!
— T'as fait ça toute seule?
— Non, avec mon mari!
Juliette vient d'arriver. Tout de suite, elle a remarqué. Même le découpage, que j'ai réussi sans débordements. Elle est dans un de ses bons jours. Elle m'inquiète depuis quelque temps. Elle est maquillée légèrement, chignon défait sur le dessus de la tête, cheveux qui affichent des traits violets.
— Et toi, super beaux, tes cheveux! Ça va?
Je l'embrasse.
— Oui, je vais toujours bien, tu le sais.

Justement, je sais qu'il faut se méfier des gens qui vont toujours bien. Ceux qui ne te laissent pas entrer dans leur bulle, masquent leur déception, leur grisaille. Qui changent de couleur de cheveux tous les deux mois. Je me tais. Elle est de belle humeur.

De la cuisine, Kim observe finalement mon travail et me complimente à retardement sur les nouvelles teintes de l'appartement.

— Ce sont les mêmes qu'au restaurant Tendresse. Le serveur m'a donné les échantillons.

— Original, la moitié de leur clientèle doit avoir une cuisine identique, signale-t-elle.

Je réplique que si tous les clients du Tendresse craquent pour les mêmes, je m'en balance totalement. Je ne vis pas avec eux.

— T'as raison! Et c'est harmonieux. Très tendance!

Le ton de Juliette me rassure. Elle semble plus joyeuse qu'à ce souper où mon père s'est invité.

— Le vert s'appelle «Trèfle chanceux». Je prends tout ce qui passe, la chance, ça ne se refuse pas. Et l'autre, c'est «Pompéi».

— Pompéi! Tu t'éclates! Ça t'angoisse pas?

— J'ai eu les mêmes images que toi. Les gens qui n'ont pas eu le temps de détaler. Les corps recouverts de lave... J'ai voulu changer, mais la couleur la plus ressemblante, c'était pire: «Mousse de saumon»! Ça m'a écœurée.

— Mousse de saumon ? Ils sont combien autour d'une table à choisir les noms ? s'exclame Kim.

J'aimerais tellement assister à une de ces réunions pour voir les pelés, les faux spécialistes sans imagination ni sensibilité. Je les connais trop bien. J'imagine le mec qui arrive du restaurant où il a commandé une mousse de saumon. Il a vu la couleur, et le génie s'est dit : « Ça ressemble à ce que je viens de manger ! »

Bien qu'elle travaille en création, Kim a une piètre opinion des gens qui exercent un métier semblable au sien. Lorsqu'elle émet une de ses nombreuses critiques à leur endroit, ils deviennent tous des tondus et des pelés. Comme s'il n'y avait que des hommes chauves autour de la table à choisir des concepts, des slogans accrocheurs, des noms de couleurs.

Juliette approuve. « Mousse de saumon » manque de poésie. C'est surprenant que j'aie osé le « Pompéi ». Je le lui concède. En général, je n'hésite pas à délaisser une couleur simplement à cause de son nom. Par contre, d'autres appellations m'inspirent. Je les ai découvertes au fil de mes insomnies. « Étoile de cachemire », « Vague souvenir » « Matinée tardive »… Les couleurs, c'est un de mes trucs pour mettre mon cerveau au neutre. Je n'ai jamais pu méditer plus de trente secondes. Je ne parviens pas à me concentrer sur ma respiration ni sur les belles images de ma mémoire. Avec les moutons, je frôle la catastrophe. Au septième qui docilement saute la clôture, je m'impatiente. Au rayon des produits naturels, la camomille ne m'apaise pas, la valériane n'a aucun effet sur moi. Et je redoute les somnifères. Durant leurs insomnies, certains font des mots croisés, d'autres la tournée virtuelle des magasins. Je l'ai testé. À mes dépens. Après avoir reçu un paquet de vêtements chers et inutiles, j'ai conclu que les achats en ligne étaient à proscrire. Surtout en pleine nuit. Ils ajoutaient à mes angoisses : je culpabilisais sur la dépense et les tracas pour retourner la marchandise. Dans les périodes troubles ou brumeuses, j'ai trouvé les couleurs pour me calmer. J'ouvre mon ordinateur, je fréquente les sites des fabricants de peinture et je parcours les tendances. Je les découvre. Ces explorations s'avèrent moins coûteuses. Je me plais à lire les descriptions, aussi bidon que les noms. De temps à autre, je pousse mes recherches. J'ai même appris des trucs sur des classiques. Le rose Mountbatten, par exemple, utilisé comme couleur de camouflage par l'armée britannique au même titre que le kaki et le brun. Lord Mountbatten avait remarqué qu'un de ses navires devenait d'un gris rosé et qu'il se fondait dans le paysage à l'aube et au coucher du soleil. Il a fait repeindre la flotte de ce rose qui allait désormais porter son nom.

Lorsque mon fils a insisté, et (presque) gagné, pour que je peigne sa chambre très foncée, nous avons fait un compromis. J'ai rejeté le « Cavalier noir », le

« Gouffre » et le « Black Jack ». Le « Noir de Mars » également. Nous nous sommes entendus sur le « Galactée glacée ». Au nom plus élégant. Moins étouffant.

◆

Lili tarde à arriver. Alex, en tournage, s'est désistée. J'ouvre la bouteille de sancerre offerte par Kim. Elle est moins chiche depuis sa peine d'amour. Plus généreuse, moins soucieuse de tout perdre. Elle n'utilise plus son cellulaire pour calculer le pourboire – avant les taxes – à laisser après un repas.

Nous nous assoyons dans la vaste pièce qui fait office de salon, de salle à manger et de bureau. J'ai la chance d'habiter un appartement spacieux, une rareté dans le quartier.

— Lili a peur. Je la connais, elle se méfie de l'esprit de mon père, d'un cadre qui tombe ou d'une autre panne d'électricité, ici.

— Je ne serais pas surprise. Surtout après cette lumière autour de toi sur la photo.

— Ça venait des phares d'une voiture qui passait...

Je tente de les raisonner. Je refuse de me laisser troubler par cette couronne éblouissante que j'étais la seule à porter.

— Je l'ai montrée à des collègues sur le tournage. Le directeur photo et le caméraman m'ont confirmé que ça ne venait pas d'une autre source de lumière. Selon eux, rien n'explique la forme.

— T'as fait analyser la photo, Juliette ?

— Analyser, non... Je voulais en avoir le cœur net. Sans le savoir, t'es peut-être douée pour communiquer avec l'au-delà, parler avec les morts. Il y a des gens qui ont ce don-là.

— Ou ce malheur, ajoute Kim. Don ou calamité, je ne tiens pas du tout à entrer en contact avec les défunts. Ça m'effraie. Au même titre que, lorsque je roule seule sur un chemin isolé la nuit, j'espère ne pas assister au spectacle d'un ovni ou d'un extraterrestre qui a perdu sa route.

— Les filles, on arrête de parler de ça. Ça m'angoisse.

Je ne vais pas revenir en arrière. Me laisser ébranler. Tout va bien. J'ai changé les couleurs, décroché la photo de mon père. Le soir, seule, je ne sursaute plus en entendant craquer le vieux plancher de bois ou le vent à la fenêtre. Ce n'est pas lui.

Lili frappe timidement à la porte, puis elle entre.

— Désolée du retard ! Oh, tes couleurs ! C'est joyeux !

— Super joyeux. Pompéi sur les murs, attaque tout de suite Kim. Des milliers de personnes mortes, ensevelies sous la lave d'un volcan. Super gai, Pompéi, t'as raison, Lili.

La retardataire joue celle qui n'entend pas.

— J'ai une copine au travail qui a exactement les mêmes teintes. Identiques !

— Elle va sûrement chez Tendresse, le resto où j'ai vu ces couleurs la première fois, je raconte une autre fois.

— T'as fait ça toute seule ?

— Son père l'a aidée, blague Juliette.

Kim, probablement distraite ou en panne d'inspiration, ne rajoute rien. Lili porte une robe hyper légère, presque printanière, en avance sur la saison. Elle me tend un bouquet d'herbes enveloppé de papier brun.

— Tiens, pour toi. La raison de mon retard. Ça ne se trouve pas si facilement, de la sauge blanche.

— Ça se mange ? la questionne Juliette.

— Non. Ça purifie ! Ça chasse les mauvais esprits ! Ça nettoie les énergies !

— T'as fait venir un prêtre ? lâche Kim.

— Non, pas besoin d'homme, ni de prêtre ! On va se débrouiller avec la sauge. J'ai tout lu, tout préparé !

Je remercie Lili pour ses attentions, tout en la rassurant : pas un signe depuis le dernier souper. Nous avons fait un pacte, mon père et moi. Pour mon bien, pour la paix de mon esprit (et du sien), elle tient à ce que ça ne se reproduise plus. Elle avoue qu'elle se sentirait mieux si on le faisait là, maintenant.

— Ça prend quelques minutes à peine. T'as un bol en verre que tu aimes particulièrement ? Et aussi une tasse d'eau pour éteindre le feu...

— Le feu ! Tu veux encore qu'on alerte les pompiers ? On va se retrouver sur leur liste noire, s'inquiète Juliette.

Patientes, nous écoutons Lili. Devant son air enfantin qu'elle cultive malgré ses trente-trois ans, ses yeux comme des bonbons, on finit toujours par se plier à ses caprices. En protestant, Kim ouvre les fenêtres de l'appartement, ignorant le temps frais. Le détecteur de fumée est momentanément privé de ses batteries. Nous éteignons toutes nos cellulaires. Et nous allumons le bouquet de sauge.

— Après, on fait quoi ?

— On lui laisse un peu de temps pour se consumer. Les braises doivent fumer avant qu'on puisse faire le tour des pièces.

— Je gèle, se plaint Juliette en frissonnant.

Le vrai froid, c'est Kim qui le jette.

— Ça ressemble à de l'appropriation culturelle, tout ça... La cérémonie n'appartient pas aux peuples autochtones ?

Kim évoque les discours enflammés que nous sert Lili, au gré de ses tournages et des documentaires sur lesquels elle travaille. Chaque fois, elle s'investit en prenant à cœur le sujet. Elle devient, l'espace de quelques mois, une redoutable pourfendeuse de toutes les injustices, de toutes les inégalités. Des appropriations culturelles aussi. Elle nous a même entraînées à une manifestation, il y a quelques années. Lili répond qu'elle ne se prétend pas chamane. Au contraire, elle a l'impression de rendre hommage à cette tradition. Elle le fait respectueusement, pour aider une amie. On pourrait aussi avoir recours à des chasseurs de fantômes, mais elle n'est pas certaine de leur crédibilité. Et puis, il est trop tard, la sauge se consume maintenant. Qui l'aime la suive.

Sans débattre plus longtemps, nous talonnons Lili.

— Faut déclamer quelque chose ? Chanter ? Y a pas d'incantations, dans ton truc ?

— J'ai pensé qu'on pourrait répéter toutes ensemble la même phrase. Il faut y croire. Ou simplement visualiser les mauvaises énergies. Se dire qu'elles seront chassées par la sauge.

Parce qu'elle le fait de bon cœur et pour mon bien, je me mets derrière elle, prête pour la grande purification. Les autres filles aussi, avec moins d'entrain. Nous nous rendons directement à ma chambre. Sans avertissement, Lili beugle un « Je débarrasse cette pièce de tous les esprits et de l'obscurité ! ». Déjà, Juliette est prise d'un fou rire.

— C'est sûr qu'en t'entendant, son père ne voudra plus revenir. Tant qu'à se suivre comme ça, on peut aussi faire le train... Désolée les filles, je retourne au salon. C'est débile.

Kim, qui n'attendait qu'une occasion, file aussitôt. À deux, nous terminons la tournée des pièces. Lili y croit, à sa purification. Son attitude, devenue vraiment intense, ferait fuir n'importe quel esprit. Avec ou sans sauge blanche. Juliette a raison.

— C'est quoi, ce bordel ? s'étonne Lili, saisie, en entrant dans la dernière pièce.

— La chambre de mon fils...

— Tu le laisses tout jeter par terre comme ça ? Tu ne fais pas son lit quand il part chez son père ? On croirait une zone de guerre.

— Lili, tu m'en reparleras quand t'auras des enfants. Pour la guerre, t'as raison. Je choisis mes combats.

Il faut les mener au quotidien, ces combats. L'hiver vient de se terminer. Nous observons une trêve. Je ne me bats plus chaque matin pour que les enfants enfilent leurs bottes et leurs tuques. Peu importe le temps, les trottoirs glacés, mouillés, ils étaient prêts à se rendre à l'école en chaussures. Quitte à en revenir les pieds gelés. On ne doit jamais sous-estimer l'orgueil des adolescents. Ni l'enviable puissance de leurs anticorps.

— C'est tellement sombre...

— J'ai dû négocier. On a trouvé un compromis : « Galactée glacée ». Sinon, ça tombait dans le « Cavalier noir » ou « Gouffre », t'imagines ? Bon, tu t'occupes des esprits ou tu continues de commenter ? On peut parler comme ça dans une séance ?

Lili reprend son rôle et se concentre à nouveau.
— Je débarrasse cette pièce de tous les esprits. Et de l'obscurité! lance-t-elle, plus fort encore. Elle emboucane le lit, les murs foncés. Puis, en retournant au salon, elle m'annonce que l'opération est achevée. Il ne nous reste plus qu'à nous mettre un peu de fumée sur les mains et à laver notre visage avec elle.
— Ça devient de plus en plus ridicule, les filles, s'impatiente Kim.
— Non, j'y crois... je maintiens sincèrement.
— Il faut y croire beaucoup! Et recommencer aux deux ou trois mois, insiste la chamane improvisée.
— Lili, ça suffit! tranche Juliette.
— On peut fermer les fenêtres?
On s'assoit toutes dans le plus grand des silences.
— Qu'est-ce qui se passe? s'interroge Lili, qui a retrouvé sa voix habituelle.
— On attend de voir si ça fonctionne, j'imagine...
Il n'y a pas de bruits bizarres, ni de cadre qui tombe. Pas un signe. J'apporte des couvertures. J'allume des bougies et je pose la planche de fromages et de charcuterie au centre de la table basse. Trois ans après la mode, rien de révolutionnaire, l'idéal toutefois pour recevoir sans s'épuiser en cuisine. Je ne sais pas si c'est la sauge blanche, les énergies négatives chassées, mais il règne quelque chose de serein dans la pièce. Un cessez-le-feu. Une forme d'accalmie que

je ne saurais expliquer, qui nous mène à des confidences. À essayer d'évacuer d'autres mauvais esprits. Ceux qui sont bien ancrés en nous. Que la fumée de sauge ne fait pas disparaître.

◆

— Mon plus grand regret, c'est cette année perdue avec un homme marié avec qui je n'ai jamais passé une seule nuit, pas un seul repas au restaurant. Comment j'ai pu être si stupide ? Quand je revois cette période, j'ai envie de me frapper la tête contre les murs ! nous confie Kim, qui se remet encore doucement de sa rupture. Dire que j'étais heureuse de porter un enfant de ce lâche ! J'aurais dû voir clair avant de m'embarquer. Et vous auriez dû me prévenir.

Elle sous-estime la difficulté de raisonner quelqu'un qui est amoureux. On voit les risques, mais ça reste délicat. Nous l'avons mise en garde à notre manière. Le peu de temps qu'il lui consacrait. Le manque de romantisme du camion où ils s'accouplaient parmi les boîtes. Chaque nouvelle excuse pour repousser le jour où il annoncerait à sa femme qu'il la quittait pour cette personne incroyable qu'était Kim.

— Je dois me pardonner cette histoire. Je n'y parviens pas. J'ai accepté d'être mal aimée parce que je n'ai jamais senti l'amour de mes parents.

— Ça n'a pas rapport ! déclare Lili.
 — Oúi. J'ai tellement de sujets à régler ! réplique Kim sur un ton faussement dramatique, qui ne camoufle pas une véritable détresse.
 — Consulte alors, ose Juliette. J'y songe aussi. Je sais que ça me ferait du bien. Mais je ne saurais pas par où commencer.
 — Qu'est-ce qui ne va pas ?
 — Plein de trucs ! On ne se raconte pas tout...
 — Je ressens la même chose, ajoute Lili. Je suis souvent mélancolique. Trop accrochée au passé. J'ai l'impression d'être née à la mauvaise époque. Oui, je suis nostalgique d'une période que je n'ai même pas vécue ! En plus, je veux plaire à tout le monde. Je suis même prête à pondre des œufs !

Lors d'un lointain souper, notre blonde amie nous avouait avoir voulu « pondre » un œuf de jade pour un amant qui appréciait les surprises. Malheureusement, il était resté bien coincé en elle. Au lieu de voir sa maîtresse se transformer en poule sensuelle, l'homme avait eu droit au spectacle paniqué d'une jeune femme qui sautait frénétiquement pour expulser l'œuf. Une ponte qui était tout sauf érotique.

— Je veux trop plaire. Je m'oublie dans mes relations. Un tarif de groupe pour un psy, ça se peut ? poursuit Lili.

Puis d'un seul mouvement, presque chorégraphié, mes amies se tournent vers moi.

— Et toi, pas besoin de consulter ?

Consulter ? J'ai deux enfants. Des factures d'électricité, des frais de scolarité. Une voiture, qui n'est pas turquoise et que je ne partage plus. On me l'a volée une fois. J'ai rencontré ce matin-là un homme que j'aurais pu mieux connaître. J'ai évité une autre déception, qu'il me trouve moche, qu'il remarque mon ventre. Qu'il entre dans ma vie. Je ne veux personne dans cet appartement à part ma fille, mon fils et moi. On ne fera pas éclater ce que nous avons bâti. Ce clan solide et imparfait que nous formons.

Je me protège contre une éventuelle chute à bicyclette. Petite, c'était une de mes grandes peurs. Tomber à vélo, m'écorcher un genou, apercevoir une trace de sang. Encore aujourd'hui, quand les enfants se blessent, je dois fermer un peu les yeux pour les soigner. Le soir, oui, il y a les couleurs. Et une légère peine, une culpabilité. Je rêvais d'une famille parfaite, de fêtes, de photos de voyage à quatre. Pour toujours.

J'y crois, à notre trio, à ma tribu. J'ai la certitude que je fais de mon mieux. Mon possible. Oui, les filles, j'aurais besoin d'un psy à l'occasion. J'ai de ces nuits où les couleurs s'effacent. Je sens en plein ventre, de la gorge jusqu'au sexe, le vide, ou pire. Un étrange trou noir. Noir de Mars, Cavalier noir, peu importe. Puis un poids qui s'installe. J'en imagine la forme, un bloc compact, qui pèse vers la gauche, côté cœur. Vers le bas, côté sexe. Et tout près des poumons, oppressant ma respiration. Puis les matins reviennent, et la nuit s'oublie. Alors oui, pour être franche, consulter serait une option. Pour l'instant, je n'ai pas d'argent. Les cours de ballet, le soccer, les inscriptions pour le camp d'été commencent la semaine prochaine. La facture d'électricité, elle, est en retard. Encore.

— Moi, consulter? Non, ça va. Allez-y toutes les trois, un forfait de groupe. Vous allez avoir une réduction!

Tarif de groupe

— C'était digne d'une scène de film ! s'esclaffe Lili.
— La dame à l'accueil avait l'air totalement dépassée. Paniquée, explique Juliette.
— Elle n'a pas pu nous retenir... Nous sommes entrées toutes les trois dans le bureau du psy ! Contrairement à la réceptionniste, il a été calme. Il était désolé, il n'y avait qu'une seule chaise. Alors, on s'est entassées à trois sur son divan.

Comme elles le sont, devant moi, bien serrées sur le canapé de mon salon. Pour la seconde fois en deux mois, je les reçois dans mon paradis Pompéi, où, à part quelques éruptions de mes adolescents, la vie continue de battre. Elles ne me parlent pas des couleurs ni de mon père, mais de leur première rencontre avec un psychologue. Hautement recommandé par un collègue de travail de Lili. Il lui était impossible d'ajouter trois clientes à sa longue liste. Il lui restait toutefois des disponibilités pour deux nouvelles venues. Il leur a donc proposé une brève consultation de quinze minutes chacune. Après, ce serait à elles de choisir.

— Il ressemble à quoi ? demande Alex.

Elle revient d'un autre tournage et dégage quelque chose de particulier. Même si le temps n'est pas vraiment doux, elle porte une fine camisole de soie noire. Très chic encore.

— À tout sauf à un psy ! lance Kim.

— Rien de ce que tu peux imaginer ! s'enthousiasme Lili.

— Oui, zéro l'image qu'on se fait d'habitude, confirme Juliette.

— Parce que ça doit correspondre à une image précise ? Y a un uniforme qui vient avec le diplôme ?

— Tu sais ce que je veux dire. Le psy avec les cheveux blancs pas nécessairement coiffés, des lunettes en écaille jaunie, un vieux veston aux coudes usés. Des diplômes accrochés partout dans une pièce sombre avec des meubles en bois, un tapis turc un peu poussiéreux... Tu comprends ?

— Comme au cinéma, donc ?

— Exact ! Il est tout le contraire.

L'homme en question reçoit dans un décor clair, tendance scandinave, avec des plantes, un divan vert, hyper design, petit pour trois personnes, et une table toute blanche, lustrée. Pas de boiseries foncées, pas de sculptures effrayantes.

— Le bureau, on s'en fout! Lui, il ressemble à quoi?!

De la cuisine où je prépare la salade, je crie mon impatience. J'attends leurs premières impressions. Elles trompent rarement.

— Il est beau!

— Très beau!

— Je lui donne début quarantaine, flaire Lili l'optimiste.

— Oui, quarante-trois ans environ, estime Juliette, sûre d'elle.

— Non, plus quarante-sept, rectifie Kim. Et en matière de chiffres, c'est à elle qu'on devrait se fier.

— Bon, il n'a pas d'âge. Mais il ressemble à quoi!? s'énerve Alex.

Après consultation, notre trio s'entend sur le coach de soccer.

— Oui, du type athlétique.

— Il a les cheveux bruns, bouclés, et un menton assez carré.

— Une belle énergie.

— Et de superbes yeux verts.

— Verts? Ils sont bruns, ses yeux!

— L'avez-vous vraiment regardé ? Ils sont verts, presque kaki ! affirme Juliette.

Kim saisit son cellulaire pour y aller d'une autre statistique. Elle ne calcule plus, mais part souvent à la recherche de réponses, d'informations inutiles. Cette manie s'est aggravée depuis qu'elle travaille pour sa banque. Kim est performante, ambitieuse. Et curieuse.

— Qu'est-ce que tu fous ?

— Les yeux. Je cherche des statistiques. Bon, quatre-vingts pour cent de la population mondiale a les yeux bruns. On est malheureusement banales, les filles. Toi, Lili, avec tes yeux bleus, tu vas être heureuse, t'es plus rare, comme dix pour cent des gens sur la planète. Et notre psy, si tu dis vrai, Juliette, est un phénomène. Seulement deux pour cent de la population a les yeux verts !

— Il a quelque chose de spécial, je le savais ! proclame Juliette, étrangement fébrile.

◆

La table est dressée. Je n'ai pas voulu me casser la tête en les recevant. Sashimis et makis du restaurant du coin, l'un des meilleurs en ville. Nous pourrons déposer nos baguettes au fil de la conversation, nous lever, puis poursuivre le repas, sans que le temps nous presse.

— Au-delà de la teinte de ses yeux, si on allait à l'essentiel ? Comment ça s'est passé ?
Cette rencontre à trois nous intrigue. Kim a été la première à se livrer pendant les quinze minutes offertes par l'homme aux yeux bruns, selon elle. Notre amie lui a parlé de sa déception amoureuse, de la colère qu'elle éprouve de s'être laissée embarquer dans une telle histoire. De ne pas avoir vu clair. Elle s'en veut, elle doit se pardonner. Elle ne sait pas comment y arriver. Par moments, elle résiste vraiment à la tentation de se frapper la tête contre les murs.

— Vous ne le faites pas ?

Elle en a envie de temps à autre. Si ça ne laissait pas de séquelles, si elle ne craignait pas la démolition en bloc de ses neurones ou d'ennuyer les voisins, oui, certains jours elle le ferait. Mais elle ne veut pas finir comme ces boxeurs ou ces joueurs de football qui, à quarante ans, souffrent de migraines terribles, n'ont plus de mémoire.

Son temps était écoulé. Les quinze minutes lui en avaient paru cinq. Elle avait à peine abordé ses parents, évanouis dans la nature.

◆

J'ai acheté des bières japonaises et une bouteille de vin d'Alsace, un accord mets-vin recommandé par une conseillère que j'apprécie. Je propose aux filles de fermer les yeux et de sentir les parfums du vin, de les deviner. Elles ne sont pas douées. Une me lance la pomme, une autre la pêche. Rien de tout ça. Il n'y a que Lili qui détecte les arômes d'ananas et l'effluve subtil de la rose avant d'enchaîner sur sa consultation avec l'homme aux allures d'entraîneur. Avec elle, il a reçu les angoisses d'une idéaliste convaincue de ne pas vivre dans le bon siècle. Elle lui a confié se sentir complètement déphasée. Trop romantique.

— T'as l'air d'une pauvre fille si t'avoues un penchant pour les grandes histoires d'amour, les poèmes, les fleurs. Je n'ose plus inviter un homme chez moi. Je suis gênée de mon appartement, tout rose. Je ne porte que des robes, jamais de jeans. C'est normal, ça?

— Si tu les mangeais, tes robes, je m'inquiéterais, mais tu les portes, Lili. Et la suite?

— Il a fait comme tous les psys, il m'a posé des questions pour que j'y réponde moi-même. Comme : « Vous aimez porter des robes ? » « En quoi ce serait mal ou d'une autre époque ? » Et pour finir : « Qu'est-ce qui vous dérange le plus en ce moment ? »

— C'était quoi?

— Mon soutien-gorge! Il était trop serré, j'avais hâte d'être chez moi pour l'enlever!

— Lili!! Tu lui as vraiment dit ça?!

Il n'y a qu'elle pour offrir ce genre de réponse à un inconnu, psychologue ou pas. Il l'a rassurée, elle serait bientôt libérée, la séance «trois pour un» se terminait. Pour le soutien-gorge, elle l'a fait en riant. Si on mentait à une première rencontre, c'était bien mal parti... Au rythme où nous mangeons, le plateau de sushis sera encore plein demain matin. Le compte rendu des consultations de notre trio retient toute notre attention. Et ce n'est pas fini. Au tour de Juliette maintenant, avec ses mèches plus intenses, d'un bleu raz-de-marée. Rien de calme à l'horizon. Les filles lui rappellent qu'elle est restée sept minutes, pas plus. Elle a refusé de leur parler en sortant du bureau. Les a averties : pas un mot ! Elle a exigé le silence total, comme sur ses plateaux de télé. Kim et Lili lui ont sagement obéi. Ce soir, c'est l'heure de vérité. Nous appréhendons la suite. Elle a sans doute livré un secret terrible. Qui la mine depuis des années. Depuis l'enfance peut-être.

◆

— J'ai chaud avant de commencer, ça augure mal...
— T'es pas obligée de nous raconter si ça ravive des mauvais souvenirs.
— On peut ouvrir une fenêtre.
— Va comme tu le sens.
Dans l'attente d'une bombe, d'une confidence lourde à porter, nous sommes concentrées et

solidaires. Un peu plus et on se tiendrait toutes les mains en formant un grand cercle d'amour.

— Allez, fonce, Juliette ! dis-je pour l'encourager.

Elle nous ordonne de ne pas faire cette tête-là. Il n'y a rien de grave, sauf la honte. Totale.

— Quoi ? Qu'est-ce qui s'est passé ?!

Kim a épuisé ses (minces) réserves de patience et vient de lever le ton.

— On se calme. Et je vous interdis de vous moquer de moi. Puis, Kim, tu ne t'énerves pas.

— Promis !

— Quand j'ai été seule avec lui, j'ai été saisie par son regard. Ou plutôt par sa manière de me fixer. Ses yeux verts...

— Bruns, la contredit celle qui vient de faire la promesse de rester calme.

— On s'en balance, les filles, de la couleur de ses yeux ! lâche Alex. C'est l'histoire de Juliette qui nous intéresse. Allez, raconte !

— Tout de suite, j'ai été en confiance avec lui. J'ai eu l'impression d'être belle. Qu'il me trouvait belle. Je n'invente pas. Il s'est passé quelque chose. Un silence, un calme enveloppant. Rassurant. Intime, à la limite. J'étais protégée par une sensation invisible. Je ne me rappelle pas avoir vécu ça avant.

Elle qui travaille sur de grands plateaux de télévision, entourée de jeunes artistes ou artisans inspirants, s'est sentie à sa place, là, dans ce bureau version

Ikea. Le psy à l'allure sportive lui a demandé pourquoi elle éprouvait le besoin de consulter. Elle n'a pas osé déballer la vérité, de peur d'être jugée. De réduire ses chances auprès de cet homme qui lui donnait de réelles palpitations. Mais, dans la pièce blanche, elle a eu, à son propre étonnement, une glorieuse poussée d'audace. Qui l'a mal servie.

— Après trois minutes d'entretien, je l'ai invité à prendre un verre avec moi ! Je lui ai demandé s'il était disponible après ses consultations !

Elle rougit et pose dramatiquement les mains sur ses joues. Elle penche ensuite le visage, pour se cacher. Venant de Lili, un tel éclat dans le geste nous ferait sourire. De Juliette, il fait comprendre l'ampleur de la gêne.

— Il a réagi comment ?

— Zéro réaction ! Même pas un petit sourire. Imperturbable. J'ai vite détourné la tête, je ne supportais pas son regard.

— Pauvre toi. Il n'a rien dit ? J'aurais eu tellement honte... murmure Lili, rarement la plus diplomate dans ces cas-là.

— Lili !!

— Ça n'a aucun rapport avec toi. Il ne peut pas fréquenter une patiente, rationalise Alex.

— Il a décliné, j'espère.

— Exact.

— Et tu es partie...

— Non. J'ai aggravé mon cas.
— Au secours!!

Lili et Kim se lèvent et empoignent chacune un de mes coussins rose savane, que j'ai longuement cherchés. À leur tour, elles s'y cachent le visage. L'une en y ajoutant du drame, et l'autre sincèrement empathique. Je les observe en espérant secrètement qu'elles n'y laisseront pas de traces de mascara ou de rouge à lèvres. Et qu'elles se calmeront.

— Les filles, ça suffit! Juliette, qu'est-ce que t'as fait, merde? demande Alex, troublée.

Dans le bureau, elle a repris son souffle, tiré légèrement sur le collet de son chemisier pour mieux respirer. Son cœur voulait sortir de sa poitrine. Comme elle vient de le faire devant nous, elle a ensuite touché ses joues, souhaitant qu'elles retrouvent leur couleur normale. Et elle a décidé de tout déclarer. Elle n'avait plus rien à perdre. Il y avait longtemps qu'elle n'avait pas éprouvé une telle attirance. Elle ne laisserait pas cette chance s'échapper. Elle ne deviendrait pas sa patiente. Il n'enfreindrait pas le code de déontologie de son ordre professionnel. Le soir ou le lendemain, ils pourraient prendre un premier verre ensemble. Elle n'avait pas de tournage. Exceptionnellement, son horaire le lui permettait.

— Misère, tu t'es arrêtée quand?! gémit Lili.
— Trop tard. J'ai ajouté que je connaissais un petit bar sympathique tout près. Je lui ai demandé…

je sais que vous allez hurler... si ça se produisait souvent, ce genre de coup de foudre, dans son bureau ! Nous sommes assommées par l'entêtement soudain de notre discrète amie. Elle est allée jusqu'au bout de l'histoire. Et elle ne s'est pas réservé le plus beau rôle. Il l'a regardée, ahuri. L'a prévenue de ne pas le prendre mal. Il aurait pu lui mentir, s'inventer un couple, ou encore une vaste famille, ç'aurait été moins humiliant. Il a choisi la vérité. Gentiment. Il n'était pas intéressé.

— Il est temps que ça arrête, ce mauvais film, souffle Kim.

Pas tout à fait. Sous le coup de l'émotion, du stress, Juliette a eu une poussée de tension. Sans même s'en rendre compte, elle s'est mise à saigner du nez. Légèrement. Il l'a remarqué en premier. Il lui a donné des papiers-mouchoirs, conseillé de pencher la tête. Ça s'est calmé après deux minutes. Interminables. En partant, rapidement, elle a lâché un « Merci pour la franchise », sorti d'elle ne savait où. Sa pire performance à vie.

— Un crapaud, j'ai croassé, je pense.

— Coassé. Le crapaud coasse, Juliette. C'est le corbeau qui croasse, la corrige Kim, qui n'échappe pas une occasion de nous éduquer. Même quand c'est inutile. Superflu.

◆

Une fois notre émoi et nos cris passés, Alex fait valoir que le psy a été décent. Ça n'était pas plus facile pour lui d'être direct et franc. D'autres auraient profité de la situation pour voir de plus près les mèches raz-de-marée de Juliette, et tout le reste. Elle est attirante et il aurait pu la mener en bateau pour son unique plaisir, sans se soucier d'elle. Il a été intègre.

Kim acquiesce. Il n'y a que Lili qui semble déroutée.

— Si je me confie à lui, je vais juste penser à toi, à ce rendez-vous refusé. Je n'irai pas le consulter.

— Au contraire, il inspire confiance, objecte Juliette. Je n'ai pas su m'arrêter...

— T'as eu un non, mais ç'aurait pu être un oui, l'encourage Lili, pas tout à fait remise.

Juliette semble abattue maintenant. J'y vais avec ce réflexe d'effacer les mauvaises humeurs, les peines, en jouant. L'art de la diversion. Instinctivement, sans y réfléchir ne serait-ce qu'une fraction de seconde, je propose :

— Les filles, on joue à la chanson ! On trouve une chanson avec le mot...

Kim m'interrompt.

— T'as pas un tour de magie, des ballons, une fanfare ?

Elle ne dissimule pas son exaspération devant ma tentative.

— Tu sais, on peut parler. C'est permis d'aller mal, de se sentir triste. On s'en remet. On n'a pas besoin de fuir.

À leur tour, les autres me suggèrent de relaxer avec mon animation à cinq sous. J'ai été maladroite. Fidèle à l'image de ce dont je rêve en permanence : la vie légère, divertissante, même si dans les faits elle ne l'est pas toujours. Elle a raison, Kim, je fuis. J'évite les confrontations, je redoute les conflits. Dans les vrais affrontements, je me referme. Muette. Je cultive les colères silencieuses.

Je me lève pour fouiller dans le frigo. Faire semblant, plutôt. Devant l'étagère des confitures (j'en ai toute une collection), j'essuie deux larmes naissantes. Celles qui ne glissent pas, qui restent accrochées à la frontière de l'œil. À table, la conversation se poursuit sans heurts. Je suis maîtresse en matière de camoufler mes chagrins, passagers ou profonds. Les filles ne remarquent pas.

— Maintenant, qu'est-ce qu'on fait ? ose Kim.

— Vous le consultez ! Il est honnête, en plus. Allez, les filles, faites-vous ce cadeau, plaide Alex.

— Tu nous donnes la permission ? demande Lili en se tournant vers Juliette, dont les joues ont retrouvé une teinte normale.

— Permission accordée. Et vous allez me donner raison. Il a les yeux verts !

Nous l'entourons dans une étreinte collective. La soirée ne fait que commencer. Les aveux, honteux ou non, aussi. C'est une véritable bénédiction d'être chez moi, de pouvoir parler, se mettre la tête dans les coussins, partager des confidences. S'indigner.

Après les révélations de Juliette, Alex jette une petite bombe, à son tour. Un sujet explosif. Qui ne fait pas l'unanimité. Et qui mérite qu'on s'y attarde.

Le polyamour pour les nulles

J'observe ces femmes autour de la table. Alex, qui était à l'étranger lors du dernier souper, avec son port de tête altier, nous offre une superbe version d'elle-même. Elle dégage une force tranquille, une assurance belle à voir. Son voyage en Argentine, d'où elle revient après un autre tournage, s'ajoute au palmarès des plus mémorables de son existence. Et à une longue liste des destinations où, systématiquement, elle insiste pour que nous nous rendions un jour.

— Ça s'est si bien passé ?

— J'aime ce pays. Sa capitale, les montagnes, même la viande de lama ! Puis ses habitants. Un en particulier, chante-t-elle en sachant très bien qu'elle va provoquer une réaction immédiate.

— T'as un amant là-bas ?!

— Oui.

Elle sourit.

— Ton pompier et toi, c'est fini ?

Loin de là. Même si les réconciliations n'avaient rien eu de romantique. Au restaurant, après sa fulgurante allergie, Alex, les lèvres gonflées à l'hélium, incapable de parler correctement, n'était pas dans ses meilleures dispositions. L'ancien amant s'est tracassé. Plus tard, il l'a rappelée. Au bout d'un long parcours à obstacles où elle a joué l'indifférence, l'intérêt mitigé, la prudence, ils ont renoué. Ils s'aiment. Nous prenons soin collectivement de sa relation, un peu comme si elle était devenue la nôtre. On s'informe, on s'attendrit, on se réjouit pour eux. Et là, on s'inquiète.

— Nous on l'aime, ton pompier !

— Je vous rappelle qu'il a un nom. Laurent.

— Vous n'emménagez pas ensemble bientôt ? questionne Kim.

— Oui, dans quelques mois. Mais il y a un autre homme que j'aime, en Argentine.

— Non ! s'exclame Lili. On ne peut pas aimer deux hommes à la fois, sinon ce n'est pas de l'amour !

J'ignore d'où vient cette voix. Rien à voir avec ses incantations de chamane. Aussi intense, mais avec une pointe de détresse. Lili nous fait toute une scène d'indignation.

— Qu'est-ce que t'en sais, Lili, si ça ne t'est pas arrivé ? De quel droit, à partir de quelle expérience tu peux parler, juger ?

Bam ! Ça ou poser un bâton de dynamite directement sur la table, même effet. Mon réflexe d'éviter la dispute, les conversations houleuses, explosives, est mis à rude épreuve. Les filles viennent de me reprocher la dérobade et ce besoin que tout se passe bien autour de moi, je m'abstiens donc. En d'autres temps, j'aurais proposé qu'on trouve une chanson contenant le mot « Argentine », ç'aurait été facile. J'aurais aussi pu opter pour le mot « amour », ou « amant ». Il y en a plein. Ça appelle à une surenchère, dans les titres, dans les extraits justement ou faussement interprétés. Juliette me regarde, elle me devine. Silencieusement, je fais non de la tête. Le jeu sera pour une autre fois. Je ne suggère rien. Par contre, j'insiste. La conversation promet d'être enlevante. Pourtant, nul besoin d'élever le ton. Ni de se scandaliser.

La suite va faire la preuve, une fois encore, que je n'ai aucune autorité.

◆

— Mangez, les filles !

Au centre de la table, le plateau de sushis n'a plus aucun intérêt en comparaison des révélations d'Alex. Oui, elle est amoureuse de son pompier. À distance, elle entretient depuis des années une relation très ouverte avec un jeune producteur argentin. Il fait appel à elle pour ses projets. Hors de question de le quitter parce que Laurent est revenu dans sa vie.

— Tu ne fais pas ça pour l'argent, parce qu'il te donne des contrats ? s'enquiert Juliette.

Non, ils sont bien ensemble. Et depuis plusieurs années. Elle l'a croisé lors de son tout premier tournage à l'étranger, avant même de rencontrer son pompier. Chaque fois qu'ils se retrouvent à Buenos Aires et à Salta, dans les montagnes, les mois d'absence s'effacent. Il cuisine pour elle, il l'emmène dans des petits bars, organise des soirées avec ses amis, qu'elle connaît bien. Et non, ils ne dansent pas le tango.

— Tu le fréquentes depuis des années, souffle Lili, consternée.

— Pourquoi t'en as jamais parlé ? s'étonne Kim.

C'était son secret. Rien à voir avec la honte. Elle ne voulait pas qu'on la juge. Et puis, elle ne passe pas des mois avec lui. De son côté, il n'est pas là à l'attendre, désespéré. Ils s'écrivent rarement.

— On ne perd pas une seconde à s'emmerder, à se bouder ou à s'ennuyer. Avec lui, je me sens terriblement vivante. Ça ne s'explique pas.

Pour quelque chose qui ne s'explique pas, elle trouve les mots. Ils se rejoignent avec passion, ont de longues conversations, dans un anglais plus ou moins maîtrisé de part et d'autre. Ils passent du temps au lit, mais il est beaucoup plus qu'un amant. Ils ont des projets, travaillent ensemble, s'encouragent. Surtout, ils sont libres.

— Tu ne serais pas jalouse, si tu apprenais qu'il voit d'autres femmes quand tu n'es pas là ?
— Pas du tout.
— Je ne te crois pas.
— Je t'assure. Quand je reviens ici, c'est moi qui le quitte. Pourquoi je serais jalouse ?
— Il t'a demandé de vivre avec lui ?
— Je refuserais. Il a une femme et des enfants.
— Alex, t'es sans morale... gémit Lili.

Elle précise que sa femme et lui n'habitent plus ensemble, une forme de séparation ouverte. Il visite souvent la famille, les enfants. Elle comprend.

— Et ton pompier, il sait que t'as un autre amoureux ?!
— Laurent, merde.

Alex nous donne une véritable leçon sur le polyamour, qu'elle explore. Tout ça vient de sa nature profonde, de son goût de l'aventure, de son énergie. Puis de ce soir où devant nous, paniquées, elle a cru mourir, en s'étouffant.

— J'étais convaincue que j'allais y passer, terrifiant comme sensation. Ça m'a marquée. J'ai compris que je m'en faisais inutilement. J'avais été trop exigeante envers Laurent.

Chaque fois qu'ils se voyaient, ils avaient une véritable connexion. Tellement qu'elle avait voulu être la seule. Il avait des sentiments pour elle, mais il ne cherchait pas une relation exclusive. Dans son travail, il avait vu des gens mourir, il en avait sauvé d'autres. Comme il avait été prêt à la sauver, elle, en entrant avec son équipe au restaurant. Pour lui, la vie était précieuse. Il n'avait pas de temps à perdre. Ni avec les conventions, ni avec le jugement d'étrangers.

— Être pompier, sauver des vies, ça te donne le droit d'être polygame, si je comprends bien ? en déduit Kim.

— Au final, Laurent t'impose sa manière de voir votre relation. Tu te sens le besoin de justifier ce qu'il fait, et de l'imiter... se désole Lili.

Ce n'est ni injuste ni préoccupant, nous enseigne Alex. Elle fait ce choix librement. Il a simplement suffi qu'un homme lui ouvre les yeux. Lui fasse comprendre qu'elle est de ce genre de femmes à pouvoir tomber amoureuse de deux ou trois personnes à la fois.

— Trois ?!!

Et d'en profiter, si on la laisse terminer. Elle est heureuse des retrouvailles avec l'un et avec l'autre. Elle se méfie de la monotonie, de la contrainte du quotidien. Elle a constamment envie de bouger. Ce type de relations lui convient pleinement.

— C'est une secte, ton truc, juge Kim. On s'aime les uns les autres, on dort et on baise là où l'envie nous mène... Vous êtes combien dans le groupe ?

Juliette ajoute qu'elle a travaillé sur un documentaire traitant de ce genre de secte et qu'en général les leaders, les gourous, profitent des femmes. Elles sont là pour assouvir les besoins des hommes.

— Vous êtes débiles ? s'exaspère Alex. Je ne vous parle pas d'un clan, je vous parle de ma vie, des hommes que j'aime !

Le ton monte. Je les ai pourtant prévenues. Pas de cris, pas d'indignation. Autour de la table, Alex ne fait pas beaucoup d'adeptes du polyamour. Pour éviter qu'elle se sente rejetée, j'admets la comprendre.

— Quand j'ai eu ma fille, elle était ce que j'aimais le plus au monde. Enceinte de Max, j'ai eu ces appréhensions. Je me demandais si je l'aimerais autant que sa sœur. La réponse est oui. Le cœur est comme un élastique. Il s'étire. Il fait une place pour les gens qui sont importants. Si ça fonctionne pour les enfants, ça doit fonctionner pour les hommes ou les femmes.

— Tiens, celle qui n'a pas baisé depuis trois ans s'y met, fait remarquer Juliette.

— Commence par avoir un amoureux, un seul, et après on parlera de polyamour, renchérit Kim.

J'encaisse mal leurs remarques. La vérité aussi. Trois ans, ce n'est plus de l'abstinence, plutôt un désert. Mes fantasmes s'étiolent. Depuis quelque temps, ils n'ont même plus de visage. J'en veux à Juliette. Kim, on s'habitue à ses réactions directes. Le manque de tact, la candeur sans filtre de Lili ne me surprennent plus. De Juliette, ça me dépasse. Pour une deuxième fois dans la soirée, j'ai envie de pleurer. Je pourrais me retenir pour cacher une peine soudaine, comme je le fais avec les enfants. Me convaincre que ça passera. Que ce sont des maladresses. Trop souvent, j'ai tenté de geler mes émotions dans les portes d'un frigo. Cette fois, je reste assise, je ne quitte pas la pièce. J'ai devant moi mes amies. Je balance tout. Sans me presser. En pesant bien mes mots. En plein contrôle, même si j'ai envie de monter le ton. Juste un peu. Ça me ferait du bien. Je redoute d'ailleurs la prochaine fois où un homme me pénétrera. Où je jouirai avec un autre. Je vais crier, c'est sûr.

— Les filles, être célibataire, ne pas avoir fait l'amour depuis deux ou trois ans, ça ne veut pas dire qu'on est tarée, qu'on a oublié les sentiments. Ce serait bien qu'entre nous on se protège, on se soutienne. Juliette, Kim, vous n'avez pas le droit de me juger. On prend soin les unes des autres ! Et on reste délicates !

— Ça va, toi ? se surprend Kim.

— Désolée, je ne voulais pas te blesser. C'est sorti comme ça. Avant de parler de polyamour, j'ai pensé qu'il faudrait que tu trouves quelqu'un pour toi, explique Juliette.

Elle se lève pour me serrer dans ses bras. Kim me jure que je suis une super femme, une super amie, une super maman ; il serait temps que je devienne une super amoureuse. Et elle revient à la charge, en évoquant toutes ces belles années gaspillées. Elles se mettent sur mon cas, maintenant. Affectueusement. Je plaide le cinquième amendement. Je ne veux plus en parler. Et ce ne sont pas des années perdues. Ridicule, ce raisonnement. Lili rapproche sa chaise, elle me tient la main. La broie plutôt. Sa manière silencieuse et douloureuse de me dire qu'elle est là pour moi. Seule Alex mange, heureuse de ne plus être au cœur de la conversation.

— Tu ne t'en sortiras pas comme ça ! Alors, il y a Laurent, ton Argentin, et après ?

— Il y en a un troisième...

— Pour vrai ?!

— Tu nous provoques.

— T'es une bête ! Une vraie machine !

— J'écris à tes parents !

Deux ne suffisent pas. Il y a un troisième homme. Elle le voit plus rarement. Il l'attend au petit aéroport de son village froid et éloigné du Grand Nord, où elle tourne à l'occasion. Il la conduit chez lui, en gros *pick-up* ou en motoneige. Les équipes de travail le connaissent, l'apprécient. Le soir, après ses longues journées de travail, elle retrouve sa chaleur, le calme qu'il dégage. Une manière de voir la vie qu'elle ne perçoit pas chez les autres. Il a une façon particulière de lui masser le dos, les épaules pendant de longues et douces minutes, sans se presser pour la suite. Il lui prépare des bains chauds et, certains soirs, lorsqu'elle est épuisée, il lui lave même les cheveux. Un geste tendre et érotique, selon elle. Il n'est pas marié. Il le sera sans doute un jour. Il a le temps. Il n'a pas trente ans. Elle l'aime. À un autre degré. Alex a aussi son nuancier. Pas des couleurs, mais des amours.

◆

On se fait du souci pour son pompier. Il s'était trompé de prénom en pleine action, au lit – ce qui avait mis fin au premier acte de leur relation. Comment y arrive-t-elle avec tous ses amants ?

— Un : ce ne sont pas des amants. Je les aime. Ce sont des amoureux. Deux : je dis « mon amour », « mon bébé » ou « *baby* » quand je m'adresse à eux. Les prénoms, oui, c'est vrai, j'ai peur de me tromper. Surtout quand je rêve.

— Ils s'appellent comment, tes amoureux ?

— C'est fou, on ne t'a pas posé la question plus tôt... remarque Juliette.

— Tes amoureux. Ça reste particulier d'entendre ça, je souligne. Ils savent qu'ils ne sont pas exclusifs ?

Alex nous explique que c'est la base, l'ABC du polyamour qu'elle pratique. Elle est honnête. Ne cache rien, ne justifie rien. Ses amoureux sont aussi prévenus. Elle reste discrète et silencieuse. Elle ne partage rien de ce qu'elle vit avec l'un ou l'autre. Et l'autre aussi...

Pour les prénoms, celui de l'hémisphère Sud s'appelle Manuel. Celui du pôle opposé, tout au Nord, Maïkan. Qui veut dire loup. Elle ajoute, avant qu'on se moque, que oui, il lui arrive parfois de hurler en jouissant. L'image m'indispose. Elle me rappelle une relation où je devais plaquer ma main ou un oreiller sur la bouche de l'autre, tellement il criait son plaisir en éjaculant. Du même coup, il faisait entendre à tous les voisins que j'étais une femme comblée. Qu'on prenait soin de moi. Sexuellement. Il en mettait un peu, surjouait l'extase. Sinon, je me souviendrais d'autre chose que des grimaces qui accompagnaient ses hurlements. De son visage qui se déformait.

Lili, clairement dépassée par ces déclarations, se désintéresse des prénoms. La discussion paraît superficielle pour un sujet aussi fertile, aussi riche que le polyamour. Elle nous y ramène.

— Alex, je ne te juge pas, promis. Mais te contenter d'un seul amoureux, ça ne te suffit pas ?

— Se contenter ? Tu t'entends, Lili ? Se contenter, c'est abdiquer. Se satisfaire de ce qu'on a, c'est nul. Tu ne trouves pas ça moche ?

Vu sous cet angle, ça peut sembler navrant. Ça ne porte pas vers plus beau, plus grand. « Contente-toi de ce que tu as. » C'est médiocre. Se contenter, ce n'est pas la passion. Il subsiste un petit goût amer, un brin de déception. De la résignation. En amour, je veux plus. Et en attendant ce plus, je compte les mois sur mon calendrier de chasteté.

— Si j'avais plus d'énergie en ce moment, tu me donnerais envie d'essayer, confesse Juliette.

— D'avoir plusieurs amants ? l'interroge Kim.

— Amoureux, merde ! la corrige Alex, qui appuie sur la distinction.

— Moi, je crois au grand amour. Un seul qui te comble, proteste Lili, sans nous étonner. Je ne veux pas de demi-portion, ou de tiers de portion. Je veux la totale ! Un homme qui a tout pour m'apaiser, me choyer et assouvir mes désirs...

— Ça n'existe pas, Lili. Dans tes livres, sans doute, mais oublie celui qui va te rendre heureuse sur tous les plans.

— S'il est doux, il ne te prendra jamais à l'improviste sur la table. Et s'il te prend toujours à l'improviste, tu vas regretter sa douceur.

— Peux-tu répéter ? je demande à Kim.

— On veut qu'ils soient tout, les hommes. Tendre, doux, à l'écoute, prévenant, et on les aime aussi *bad boys*. S'ils sont trop gentils, on finit par trouver qu'ils manquent de colonne vertébrale, d'ambition. S'ils sont trop tendres, on voudrait que ça soit plus sauvage.

— Et toi, t'en penses quoi ? m'interpelle Alex.

Moi ? Dans l'immédiat, je ne rêve que de visages sur mes fantasmes. Plus tard, d'une histoire simple, mais pas banale. Intense et douce à la fois. Sans mensonges, sans cachotteries, sans petites ou grandes trahisons. Je suis prête à encercler encore d'autres mois sur mon calendrier pour éviter les compromis, le raisonnable. Et même si le cœur est un merveilleux élastique, j'ai deux enfants qui l'occupent généreusement. En ce moment, il n'y aurait pas d'espace pour deux amoureux. Un seul suffirait. Elles avaient raison, tantôt. Le polyamour peut attendre...

Ne me tiens pas la porte !

— Qu'est-ce que ça peut te faire ? Ça te dérange ?
— J'aimerais bien que ça m'arrive, dit Lili.
— Eh bien, moi, ça m'énerve. Je n'ai pas besoin de ces gestes, de ces attentions qui viennent d'une autre époque. Je ne tiens pas à être protégée...
Nous sommes toutes les trois dans un restaurant près du bureau de Kim, au cœur du quartier des affaires. À des lieues des établissements chaleureux, bruyants que nous fréquentons habituellement. J'ai l'impression d'avoir atterri dans une autre décennie. Nappe blanche et lustrée, serviette de table bourgogne qui s'agence aux vestes sans manches des serveurs, murs en stucco. L'endroit est pourtant animé

à l'heure du lunch, s'excuse Kim. Le soir, on dirait plutôt la salle de réception d'un salon funéraire. Notre amie, qui est sur un gros projet et qui étire les heures au travail, veut célébrer sa récente promotion. En plus d'être responsable du département de création, elle est maintenant en charge des réseaux sociaux de la banque. Un défi à la taille de son talent et qui, j'espère, mettra un terme à son insécurité, financière et face à l'avenir.

Deux autres tables sont occupées. Une par un couple, l'autre par deux hommes, veston-cravate, sérieux. Si nous avons des révélations à nous faire, elles devront l'être à voix basse.

Je lève mon verre à la promotion, au succès de notre amie, qui sourit machinalement. Elle est accrochée à son histoire de la veille. Un collègue plus âgé et attentionné l'a invitée dans un grand restaurant pour célébrer la nouvelle. Un resto vieillot – pas très différent de celui où nous sommes attablées –, qui attire une clientèle de soixante-quinze ans en moyenne, selon Kim. Le serveur lui a tendu un menu où aucun prix n'était affiché.

— Ça se fait encore? s'étonne Lili.

Je les informe qu'il s'agit d'une carte muette. Un concept démodé. Certains restaurants en Europe ont été mis à l'amende pour cette pratique sexiste. Présenter un menu avec les prix aux hommes seulement, et en tendre un autre vierge de toutes références monétaires aux femmes, c'est archaïque, pour ne pas dire arriéré. Sans surprise, Kim l'a aussitôt retournée en exigeant un vrai menu. Son collègue s'est excusé. Il tenait à l'inviter. Il ne s'attendait toutefois pas à cette carte sans prix. Il espérait qu'elle n'était pas froissée.

— Et tu as été indulgente... j'espère.

La nouvelle promue, sans faire la part des choses, nous demande dans quel film, dans quel roman nous vivons. C'est vieux jeu et insultant comme pratique. Tant mieux si on met à l'amende ces établissements retardés qui proposent des cartes muettes. Une expression que je viens de lui apprendre. Elle remercie au passage ma culture générale, celle qui ignore les conflits, qui se perd dans les dates importantes, mais qui s'arrête aux odeurs, aux couleurs et aux mots.

Et, oui, elle est restée polie. Gentille, elle ne peut pas le confirmer. Elle a un peu trop bu, et lui a même relaté son histoire avec son livreur au camion brun. Il l'avait embrassée un jour de livraison. Il l'avait aimée. Même s'il avait une femme et deux enfants, qu'il allait quitter.

— Tu lui as tout conté ça ? Parler de nos anciennes histoires d'amour, ça part mal. On doit éviter dans les premiers rendez-vous...

— Ce n'était pas un rendez-vous. Plutôt moitié-moitié, une rencontre d'affaires d'aussi. Et dès les premiers instants, j'ai su que ça ne marcherait pas.

Tous les deux ont fait de leur mieux. La conversation a mis du temps à devenir fluide, naturelle. C'est pour ça qu'elle a bu. Et puisqu'elle éprouvait le besoin d'en reparler, de justifier aussi son manque d'intérêt, Kim est revenue sur son échec amoureux. À la fin de la soirée, le collègue a payé la note. Elle l'a remercié en lui faisant une bise polie. Rapide et sur les joues. Sans se le dire, ils étaient certains l'un et l'autre que c'était un premier et dernier souper. Il n'y aurait pas de suite.

Et elle revient à ce menu sans prix. Toujours indignée.

— Ça va, Kim, on a compris, se décourage Lili.

— Tu étais quand même contente qu'il t'invite. Qu'il se charge de l'addition.

Kim explique que ça passera sur le compte de dépenses de son entreprise. Ce genre d'attention ne l'émeut pas outre mesure. Pourtant, moi, peut-être à cause du manque, du désert que je traverse en ce moment, ça me plaît, ce type de délicatesse. Ce sont ces dix années qui nous séparent ? Une éducation différente ? Je ne m'y retrouve plus dans les méandres de la politesse, de la courtoisie.

— Au fond, est-ce que la galanterie a encore sa raison d'être ?

— Si tu veux mon avis, c'est dépassé. J'en ai rien à foutre d'un homme qui me tient la porte ou qui me laisse sortir en premier de l'ascenseur. Par contre, je veux qu'il fasse la vaisselle, sépare les vêtements entre le pâle et le foncé pour le lavage, et me propose, une fois de temps en temps, de repasser mes chemises...

Ça me laisse perplexe de me sentir d'une autre génération. D'être heureuse lorsqu'on m'ouvre la portière. Reconnaissante quand le serveur tire ma chaise au restaurant. J'insiste. Pas pour déclencher un tsunami, une autre poussée d'indignation. Simplement pour mieux saisir.

Je leur raconte cette fois toute récente où, alors que je sortais de l'épicerie avec mes deux sacs trop lourds, un inconnu m'a offert de les porter. J'ai adoré. Pareil pour mon fils, qui me rend fière. Fréquemment, il aide une vieille voisine au dos courbé à monter les escaliers avec son panier de provisions.

— Je devrais me sentir mal d'accepter ces propositions ? Je suis comme ça. J'aime qu'un homme me tende son veston si j'ai froid. Qu'il se place du côté de la rue lorsqu'on marche ensemble sur le trottoir. Je trouve ça délicat, comme attention.

— Et pourquoi il ferait ça ? réplique Kim.

Elle est au sommet de sa mauvaise foi. Secrètement, j'ai espéré que ses rencontres avec le psy aux yeux rares adouciraient notre amie. Atténueraient cette rage sourde, ce cynisme qui la caractérisent. Elle est franche, directe, et nous l'aimons ainsi. Mais elle excède parfois les limites de la conversation polie, des échanges gracieux. Elle se transforme en bulldozer, prête à tout écraser sur son passage.

— Pour me protéger.
— De quoi ? Si une voiture fonce sur lui, elle risque bien de t'attraper au passage.
— Pour lui éviter des éclaboussures, précise Lili.
— Tu as sérieusement besoin d'être protégée par un homme ?

Je me sens jugée. D'un autre temps. Comme j'ai deux adolescents à la maison que j'adore, mais qui usent ma patience, je choisis de ne pas la protéger, elle, de tout ce que j'ai sur le cœur. Tant pis pour la politesse, la gentillesse. Elle ne devine pas à quel point je me protège. En solitaire. Depuis quelques nuits, je dors très mal. Avec un bâton de baseball à côté de mon lit. Seule à pouvoir nous défendre, les enfants et moi.

◆

Deux semaines plus tôt, la voisine du troisième étage a frappé à ma porte. Mon révolutionnaire était à côté de moi quand j'ai ouvert.
— Je peux te parler ?
— Oui, entre.
— Sans ton fils.

Je commençais à en avoir l'habitude. Il venait sans doute de laisser un graffiti sur son mur. Ça le fascinait depuis quelque temps et, à la vitesse à laquelle il avait rebroussé chemin, je m'attendais à une autre plainte.

Cette fois, elle ne proviendrait pas de l'école, mais de voisins. Il repliait en territoire, mon combattant.

J'ai regardé, fébrile, cette femme plus grande, plus costaude que moi, aux cheveux courts et blond platine. Une maquilleuse en cinéma, experte en effets spéciaux, en zombies, en fausses plaies ouvertes. Lorsque je travaillais à la radio, nous nous croisions vers quatre heures du matin. Nous partions toutes les deux au boulot. Sans être amies, il y avait entre nous cette solidarité silencieuse de celles qui partagent les fins de nuit et les levers de soleil.

— Qu'est-ce qu'il a fait?

— Ton fils? Rien. Je voulais te prévenir. Cette nuit, en me levant, j'ai entendu du bruit sur le balcon arrière. J'ai cru que c'était mon chat qui demandait à rentrer. Je suis allée ouvrir la porte. Il y avait un homme avec des gants noirs et une tuque, accroupi sur mon balcon. Il essayait d'entrer chez moi.

Merde. J'ai peur de tout. Je lutte depuis que je suis seule avec les enfants pour ne pas me laisser envahir par mes craintes. Pour les dominer. Je n'avais surtout pas besoin d'un agresseur potentiel dans le voisinage. Qui veut s'en prendre aux femmes seules.

— Les policiers m'ont dit que, pour certains, ça représente un défi tordu, les troisièmes étages. Plus compliqué, ça les excite encore plus. Au rez-de-chaussée, c'est trop facile pour eux.

J'habite au rez-de-chaussée. Je l'ai remerciée de m'avoir prévenue. Elle pouvait m'appeler la nuit si elle entendait des bruits inquiétants. Et j'ai menti à mon fils, en lui racontant qu'elle avait perdu son chat et qu'elle était triste.

— Pourquoi elle voulait pas que je sois là ?

— Elle sait que tu aimes les chats.

Après sa visite, j'ai cherché « manières de se défendre » sur Internet. Je suis tombée sur ce qu'on doit faire en cas de tremblement de terre et comment se protéger des rayons du soleil et des pesticides. J'ai modifié ma requête, je voulais du concret. De quoi rassurer une femme qui dort dans une chambre qui donne directement sur la rue. Dont les fenêtres sont à la portée de tous. Maniaques ou pas.

J'ai vu défiler quelques armes potentielles. Elles ne laissaient rien présager de bon. L'arbalète me semblait un peu compliquée à manier et augmentait le temps de réaction. Le couteau de cuisine pouvait passer, mais je préférais m'en servir pour la cuisine, précisément. Surtout qu'on prenait soin d'indiquer qu'avec cette méthode il y avait deux risques : un mort sur la conscience, ou que l'arme se retourne contre nous. L'avertissement valait aussi pour la machette. Je ressentais une forme d'urgence : un voleur ou un violeur, masqué en prime, rôdait dans les alentours.

Finalement est apparu le bâton de baseball. Celui qui peut fracasser un crâne. On avait la délicatesse de suggérer un bâton pour enfants. Ce que j'ai acheté dès le lendemain. Une fois mon clan endormi, je le sors du placard et le dépose tout près du lit. Il me rassure. Juste un peu.

◆

Cet épisode de l'intrus masqué est tout frais. Kim reçoit donc une part de mes angoisses. Sans filtre, sans élégance.

— Kim, ta gueule! Tu ne sais pas de quoi tu parles. J'ai deux enfants, un appartement qui donne directement sur la rue, un détraqué qui rôde dans les parages. Alors oui, je me protège toute seule. Tu sais quoi? Ces temps-ci, j'aurais envie d'un homme avec moi. Pas pour les caresses ou le sexe, juste parce que je dormirais mieux. Trouve-moi faible, mais je rêve d'être rassurée. Sincèrement, je serais heureuse de ne pas me coucher avec un bâton de baseball dont je ne sais pas me servir. Je voudrais traverser les nuits sans sursauter à chaque bruit. C'est simple, j'aimerais qu'on me défende. Et j'en ai plein le cul de me faire juger.

Je m'emporte. Je lève le ton. Et je viens de lancer «plein le cul». C'est beaucoup, dans mon cas. Lili est muette. Kim, insultée, en rajoute.

— T'es en train de me dire que t'as besoin d'un homme dans ta vie?

— Non. Oui. Je ne sais pas. J'aimerais dormir en paix. Et un homme dans mon lit, ça me rassurerait. Tu ne peux pas comprendre ?

Ce n'est pas ce qu'elle veut entendre. Ça la révolte qu'on doive porter nos craintes comme une fatalité.

Le jour où les femmes n'auront plus peur, ce sera la vraie libération.

Sa tirade est interrompue par l'arrivée d'Alex. Elle nous avait prévenues de son retard. Le serveur s'approche pour tirer sa chaise. En nous regardant, elle saisit tout de suite.

— C'est la fête, si je comprends bien ?

Kim va l'assommer, je redoute. Elle s'abstient, probablement encore sonnée par le « ta gueule » que je lui ai balancé. C'est moche, dire ça à une amie. Moche dire ça, tout court.

— Kim, je suis désolée. Je n'aurais pas dû...

— Quoi, qu'est-ce que tu lui as dit ? demande la retardataire.

— Ta gueule.

Le visage d'Alex se déforme en une étrange grimace. Elle présume que l'insulte lui est adressée. Je clarifie :

— J'ai dit « Kim, ta gueule » et je le regrette.

— Moi aussi, je m'excuse. T'as pas besoin d'un homme. Tu te débrouilles bien, avec les enfants. Et pour ta sécurité, il faut trouver mieux qu'un bâton de baseball, me persuade Kim.

— Apparemment, je viens de manquer une conversation passionnante. Wow! Les murs en stucco, les serviettes de table bourgogne... Super chic, ici! se moque Alex. Par contre, le serveur qui tire la chaise, j'adore!

Gin et préférences

— Y a un de tes deux enfants que tu préfères ?
Kim vient à peine de débarquer. Elle commence la soirée en force. Une de ses spécialités.
Je reste un peu sonnée. Aimer plus ma fille ou mon fils ? Une étrange question à la réponse immédiate. Je m'apprête à lui resservir l'exemple du cœur qui s'étire comme un élastique pour accueillir d'autres enfants, ou encore d'autres amoureux, comme dans le cas d'Alex. Je n'ai pas à répliquer. Mes trois amies s'indignent à ma place.
— Kim, ça va ? Quelle question débile ! la critique Juliette.

Lili suit avec à peine plus de douceur. Elle est particulièrement jolie ce soir, dans un chandail en cachemire couleur chameau qui monte bien haut, jusqu'au cou.

— Je crois qu'on peut aimer à force égale nos deux enfants, mais les aimer différemment. On peut avoir des champs d'intérêt qu'on partage plus avec un. Pour l'amour, c'est identique, épilogue-t-elle.

— Pourquoi cette question? s'informe Alex, qui emménagera bientôt avec Laurent et ses deux filles qu'elle connaît à peine.

Bien que cela ait exigé une forme d'adaptation, une certaine ouverture, nous nous faisons maintenant à l'idée de trois hommes dans la vie d'Alex. Comme si nous avions notre mot à dire. Comme si notre camérawoman préférée avait besoin de notre approbation. Elle s'en balance. Elle se libère des règles, des codes sociaux, de ce qui est bien vu, mal vu, acceptable ou répréhensible. Elle mène sa vie à sa façon, et laisse aux autres le soin de gérer jugements et indignations.

— Et pour les enfants, on en aime un plus que l'autre?

Je constate, amusée, que ce que j'ai à dire, puisqu'on m'a posé la question, n'est pas une priorité. Kim retient l'attention. Décontenancée par les réactions d'une collègue de son département, quelques heures plus tôt, elle veut être rassurée.

— Elle travaille avec moi depuis cinq mois! Merde, c'est quoi, son problème?

Le serveur s'approche alors pour savoir si nous désirons boire quelque chose avant le repas. Je souhaite que ça se fasse plus efficacement que d'habitude, où chacune regarde longuement la carte avant de décider d'y aller avec du blanc, du rouge, ou un cocktail inédit. Kim choisit un gin sur glace. Dans un étrange élan de solidarité – et pressées de connaître la suite de l'histoire –, nous optons pour ce gin québécois, aux arômes floraux, comme nous l'explique le serveur. En temps normal, parce qu'il est sympathique, on s'intéresserait aux honneurs remportés par ce gin ou à la version poivrée et épicée offerte par son «petit frère».

Mais nous avons une énigme à percer.

— Tu viens de découvrir que ta collègue n'aime pas ses enfants? enchaîne Lili, une fois le serveur reparti.

— Je viens surtout d'apprendre qu'elle a trois enfants!! Trois, pas un! Sur ses photos au bureau, il n'y a que son fils de cinq ans. Le petit avec elle, le petit avec le père. Il est craquant. Elle nous parle de lui tous les jours. Il a une déformation cardiaque. On a droit à un rapport quotidien sur l'état de son cœur fragile. Je ne suis pas la seule, tous mes collègues ont été choqués en apprenant qu'elle avait une fille et un autre garçon.

— C'est peut-être normal, elle s'inquiète pour lui...
— On a tendance à parler plus de ce qui nous tracasse. Quand mon fils fait des conneries, je parle plus de lui que de sa sœur, je raisonne.

Ma comparaison entre les élans révolutionnaires du mien et les graves problèmes cardiaques d'un enfant à qui, par une injustice venue de je ne sais où, on a décidé d'offrir un pauvre cœur malade peut paraître boiteuse. Je me comprends. Enfants ou adultes, ceux qui ne vont pas, qui dérivent un peu, retiendront plus l'attention que ceux qui semblent voguer avec confiance.

Kim explique. La jeune maman à l'allure hyper cool est arrivée dans le département pleine d'énergie, avec de belles idées et de quoi décorer son bureau. Une lampe, des paniers, des plantes, et une première photo d'elle et de son fils, en vacances. Puis une autre, puis une troisième. De son fils. Elle parlait d'un combat, de sa résilience. Ensemble, ils allaient vaincre. Personne n'avait imaginé qu'il y avait d'autres petits guerriers dans la famille.

— Tantôt, elle est venue me voir. Sa fille venait de se blesser à la garderie, elle devait partir. Elle avait l'air presque gênée.
— T'as réagi comment ?
— J'ai simplement dit : « T'as une fille ?! »

La jeune maman n'a pas semblé saisir l'étonnement de Kim. Oui, elle avait une fillette de trois ans, Louise. Et un garçon, plus vieux. Elle n'en parlait pas ? Vraiment ? Pourtant, Noah était doué au soccer et protégeait son frère, qui a ressurgi aussitôt dans la conversation. La suite a mal tourné. Une véritable empoignade entre les deux collègues.

— Ton bureau n'affiche aucune trace d'eux ! Permets-moi d'être surprise. On sait tout de ton plus jeune fils. Le noir total sur tes deux autres enfants ! Pas un mot, pas une photo d'eux. Le moment est mal choisi, je sais, mais quelque chose me choque dans tout ça.

Absorbées, nous ne touchons pas à ce gin québécois qui triomphe partout sur la planète. À la fin de l'histoire, nous pourrons goûter les arômes fleuris.

— T'as bien fait de le dire, elle ne le réalise peut-être pas, approuve Juliette.

— Elle le sait, crois-moi. Elle m'a dévisagée d'un air hyper dur, et vous savez que je ne me laisse pas impressionner facilement. Elle m'a soufflé, comme dans un film noir : « Ce qui se passe entre mes enfants et moi, ça ne concerne personne. Surtout pas une étrangère. Tu ne sais pas ce que c'est d'avoir un fils malade. »

— Elle était fâchée ?

— Très froide. J'en ai eu un frisson dans le dos. Elle n'avait pas l'air pressée de partir, d'aller rejoindre la petite. Comme si elle la dérangeait dans son horaire. Et son regard m'a paralysée. Le Dr Jekyll était devenu Mr. Hyde.

— Qui ?
— Lili !!
— Quoi ?
— À part les poèmes de Marilyn et les bouquets de roses de Joe DiMaggio, tu connais autre chose ?

Sans mesurer toute la situation, j'éprouve du chagrin pour cette petite fille et un jeune joueur de soccer. Ils reçoivent, j'espère, l'attention de leur papa.

— Ils se sont peut-être partagé les tâches, les activités des enfants. Il y a sans doute une entente entre eux, j'avance tout en anticipant que la suite de nos échanges ne sera pas glorieuse, ni légère.

Kim est crinquée. Lili, vachement insultée qu'on attaque encore son idole. Et Juliette a mauvaise mine. Son verre de gin est vide. Sous la lumière qui lui tombe sur la tête, ses cheveux bleus et châtains affichent une vilaine repousse. Mère poule de mes enfants comme de mes amies, j'éprouve une inquiétude sourde. Rapidement effacée par une virulente prise de bec entre les filles. Suffisante pour que le serveur, qui se dirigeait vers notre table, s'éloigne en entendant monter le ton.

— T'as clairement un problème avec Marilyn, constate Alex en s'adressant à Kim.

— Pas avec elle, mais avec le fait que Lili ne connaisse pas le Dr Jekyll et Mr. Hyde.

— C'est une nécessité ? réplique Juliette, émergeant de sa semi-torpeur.

— Pas une nécessité, de la culture générale. De base. Tout le monde devrait savoir de quoi il s'agit.

— Et pourquoi donc ?

Lili, plutôt que de se laisser abattre, décide de contre-attaquer. Elle est comme ça, notre douce amie, lorsqu'on s'en prend à son idole ou à ses connaissances. Et elle ne manque pas de verve, quand elle s'emporte.

— Tu sais ce que je pense de la culture générale ? Y a plein de trucs à connaître, t'as raison. On n'est pas obligées d'avoir les mêmes centres d'intérêt ! Pour tes docteurs, je sais qu'il y en avait un bon et que l'autre tuait des gens, je viens de me rappeler. Mais, tu vois, ça ne m'intéresse pas. Je suis nulle dans les dates, dans le pourquoi et le comment des guerres, par contre je peux te parler des Médicis, de Florence, de la belle Simonetta Vespucci qui a inspiré Botticelli. Amoureux d'elle en secret, il en a fait *La Naissance de Vénus*. Des histoires passionnantes. Et tu les ignores. Alors, ne me juge pas.

Nous sommes loin d'un enfant au cœur malade, ou d'un docteur respectable se transformant en véritable monstre la nuit venue. Et je n'ai pas encore répondu à la toute première question de Kim, manifestement plus à l'ordre du jour. Dans la foulée de l'indignation de Lili, j'en ai aussi long à dire. J'ai fréquenté des hommes intelligents, cultivés. Je me suis sentie moins apte à échanger sur certains enjeux, sur des faits historiques. Ils ne m'intéressent pas. Tout en lisant beaucoup, en restant informée, j'ai éprouvé ce qui ne devrait pas l'être : un sentiment d'infériorité face à tout ce savoir. Lili a raison, les connaissances n'ont pas à être pareilles pour tout le monde. Je suis comme elle : nulle avec les dates historiques, les conflits mondiaux. Par contre, je peux désigner par leur nom une multitude de fleurs, mes parents m'ont appris. Le parfum des herbes, tu m'en passes sous le nez et, les yeux fermés, je les identifie. Au fond, je m'intéresse à l'inutile. J'imagine que la culture générale, c'est ça aussi...

— Bravo, les filles, on a fait le tour de la question. Ça suffit maintenant, on peut changer de sujet, interrompt Juliette.

— Ça va, toi ?

— Je suis lavée. Surtout, ne m'avertissez pas que je m'épuise au boulot, je le sais. Là, j'ai faim. Et je veux un autre verre.

Notre serveur s'approche à cet instant. Il nous récite le menu simplement, sans en mettre trop, à l'inverse de certains qui se croient en audition pour un grand rôle au théâtre. Nous commandons rapidement à manger.

— Ça va, du gin avec un repas ? veut savoir Juliette.

Tout peut se boire en mangeant, tant qu'on en a envie, confirment le serveur et Alex. Lili en profite pour nous informer que la reine Elizabeth II boit un verre de gin tous les soirs, un des secrets de sa longévité.

— C'est de la culture générale, selon toi ? se moque-t-elle à l'intention de Kim.

Toutes les deux font la paix. En riant, nous portons un toast à nos connaissances. Oui, nous nous affrontons parfois. Et invariablement, nous revenons à ce qui nous unit. Notre mémoire se fait sélective. Généreuse, elle ne conserve que le meilleur. Nous oublions les embrouilles, les confrontations afin de poursuivre le repas, et d'aborder tous ces sujets qui se bousculent. Comme l'amour des enfants à parts égales et *La Naissance de Vénus*.

Lendemain de veille

Après seulement deux verres de gin, de la même fratrie en plus, ce n'est pas le mal de tête ou une nuit de mauvais sommeil qui marque ce lendemain de veille. Plutôt l'inquiétude. Une toute petite boule en plein plexus solaire. Je respire moins bien, je la sens physiquement. J'en suis la spécialiste, de ces craintes. Mes enfants peuvent en témoigner. Je suis incapable de les laisser quitter l'appartement sans les prévenir de faire attention en traversant la rue, de bien regarder des deux côtés. Et sans recevoir un soupir d'exaspération. Mérité, j'en conviens. Je coupe en deux leurs raisins, comme dans leur enfance. Je fais des bâtonnets avec les concombres, pas de rondelles depuis que j'ai lu l'horrible histoire d'un bébé étouffé. Je me fais du souci pour eux. Cette fois, ils peuvent souffler un peu. Ils bénéficient d'un répit. Je me préoccupe de Juliette.

Le reste de la soirée a été agréable, riche en échanges, en différends presque sympathiques. Nous avions trop à dire. Un de ces soupers où l'on ne va pas au fond des choses, il y a tant à partager. Nous effleurons les sujets, les états d'âme des unes et des autres.

Lili nous a détaillé les amours de gens célèbres comme si elle les connaissait personnellement. Dans son échelle des histoires, le pire des amoureux a été Aristote Onassis. Maria Callas rêvait de se marier avec lui.

— Il est tombé amoureux en la voyant à l'Opéra de Paris. Elle a tout laissé pour lui, son mari, sa carrière. Puis il l'a jetée, comme ça, pour épouser Jackie Kennedy. Vous imaginez ? La Callas s'est retrouvée abandonnée. Mais elle l'a aimé jusqu'à sa mort. Jusqu'à la fin, elle lui a rendu visite à l'hôpital.

— Pathétique, a soupiré Juliette.

— Moi qui rêvais de marier un milliardaire, ça ne m'intéresse plus, a ajouté Kim.

Dans un registre plus contemporain, Alex nous a raconté sa dernière expérience de tournage, avec une caméra mal ajustée qui lui avait causé des problèmes, et un réalisateur plein d'insécurités. Il voulait tant d'images et de matériel qu'elle doutait qu'il puisse s'y retrouver au montage. Elle adorait pourtant ce Grand Nord, ceux qui l'habitaient. Et son Maïkan, qui lui ouvrait un nouveau monde.

Juliette est restée plutôt silencieuse. J'en prends la pleine mesure seulement ce matin, en regardant le *selfie* officiel de notre rencontre. Je ressens un pincement au cœur. Malgré ses efforts, en retrait, elle affichait un sourire qui ne trompait pas. Forcé, tout près de la grimace. Malgré ses trois gins, dont le dernier a été enfilé en un temps record, à la dernière minute avant de quitter ce restaurant où nous reviendrions. «C'est promis!» a crié Lili en envoyant un baiser aérien à notre serveur.

Je résiste à l'envie de l'appeler. Ma sensibilité me joue parfois des tours. Ce désir de vouloir tout le monde heureux autour de moi s'accentue avec le temps. Et a des côtés néfastes. Je dois concéder que la vie est faite de tout, du meilleur et du pire. Me rappeler que le temps arrange les choses, toujours. Mais qu'il faut idéalement éviter de l'exprimer tout haut devant la personne touchée.

Ça m'est arrivé de l'entendre: «Le temps arrange les choses.» À cet instant-là, j'ai eu envie de frapper celui ou celle qui avait osé me dire que les mois, les années me feraient oublier ma vie de famille éclatée, mes peines, la fin d'un amour, le départ d'un être cher. Alors, je m'abstiens.

Juliette file un mauvais coton et je suis démunie. Je lui envoie un mot, banal : « Merci pour la soirée d'hier, j'étais contente de te voir. Ça va ? » J'évite les remarques sur la fatigue, parce qu'on m'a déjà généreusement servi ce genre de commentaires. Je suis née avec des cernes. Sur mes photos d'enfance, il y a une petite fille au teint foncé, aux cheveux courts et noirs, aux yeux en amande sous lesquels se dessinent des cernes précoces qui n'ont rien à voir avec le manque de sommeil. Elles font partie de son visage, comme son nez, sa bouche et ses joues. Grosses comme des pommes.

Comme les rappels au temps qui arrange les choses, les questions sur la fatigue, sur le surmenage, sur les cernes qui s'accentuent comme des demi-lunes sombres selon les éclairages sont à proscrire. Pour moi et pour les autres. Ce simple message à mon amie, sans allusion à son sourire forcé, à son regard éteint, suffira.

◆

C'est peut-être que nous avons parlé de nos familles. Juliette est restée marquée par la séparation de ses parents. Pourtant, ils ont évoqué l'idée de vivre à nouveau ensemble, récemment. Pour Kim, le doute n'existe pas : ni son père ni sa mère ne les ont sincèrement aimées, sa sœur et elle.

— C'est impossible, a tranché Lili.
— Ça l'est, crois-moi.
— Il y a tant de façons d'aimer, ai-je tempéré. On peut être maladroits, mal le faire sentir, mais je suis convaincue que tous les parents aiment leurs enfants. Certains sont moins doués, plus démunis peut-être, mais l'amour est là.
— Il faut pas exagérer, on n'est pas dans un film de Disney, a ajouté Alex.

Kim, dont les parents avaient presque tout perdu à la suite de mauvaises affaires, restait persuadée de les avoir dérangés dans leur plan de vie, de carrière. Son jugement était sans pitié. Alors qu'ils étaient tout près, bien vivants, elle en avait fait le deuil. Pire : ça ne semblait plus l'émouvoir.

— Au moins, ils n'ont pas préféré ta sœur… a soulevé Lili, en quête d'une histoire moins déchirante. En tout cas, moi, mes parents m'aiment.

Nous le savions toutes. Notre amie est une enfant adorée et gâtée. Elle possède un appartement, un cadeau de son père et sa mère pour ses trente ans. Ils font des courses pour elle et aménagent sa terrasse au printemps. Ils ont trouvé la manière de meubler leur retraite précoce, en faisant de Lili leur principale occupation. Par moments, je l'envie. J'aurais aimé qu'on me paye un logement, qu'on me prépare de petits plats, mais je sais que je me serais sentie étouffée. Assiégée, comme toutes ces fois où, en entrant chez elle, Lili tombe sur ses parents attablés dans sa cuisine, prenant un thé en l'attendant.

◆

« Elle a apporté deux photos!! »
Par texto, Kim me tient au fait des plus récents développements avec sa collègue. Cette histoire la trouble. Elle fait sûrement un peu de projection. Se revoit à une autre époque de sa vie. Surtout, elle tente de corriger, à sa manière, une situation dont elle-même a souffert, petite. En se portant à la défense de deux enfants qui lui sont étrangers.
« De sa fille et son autre fils ? »
« Oui. Mais elle m'ignore. »
« Tu devrais avoir une conversation avec elle. Elle ne réalise peut-être pas... »
« Il faudrait qu'elle me parle d'abord. »
« Ça reviendra. T'as pas à t'inquiéter. »
« Oui, je sais. Toi, ça va ? T'avais l'air fatiguée hier... »
Merde, Kim. J'ai un nez, une bouche, des yeux et des cernes. C'est le forfait qu'on m'a donné à la naissance. Je m'abstiens de lui répondre, mais à partir de maintenant, finie la solidarité entre amies : je cesse de faire un doigt d'honneur lorsque je croise un camion moche et brun. Et la prochaine fois qu'elle a une petite ou une grande peine, qu'un chauffeur de

camion UPS lui promet la lune alors qu'il n'a rien de mieux à lui offrir que trente minutes de sexe parmi des boîtes de carton, cette fois-là, je lui dirai que le temps arrange les choses. Nous serons quittes.

Un appartement insalubre...

Juliette n'a pas répondu à mon texto. Elle pourra prétendre ne pas l'avoir reçu. Ce silence me confirme que j'ai raison. Alors, je m'empresse de lancer une nouvelle invitation. J'invente une grande annonce à partager – que je trouverai d'ici le prochain souper. Elles s'attendront peut-être à un homme, enfin, dans ma vie. Pourtant, j'en ai amplement sur les bras pour ne pas souffrir d'un manque. Et le célibat n'est pas une maladie – quoique de récentes études démontrent qu'en vieillissant le risque de maladies cardiaques augmente chez les personnes seules. Et que celles-ci sont plus susceptibles d'être atteintes de démence...

Au moins, ça me donne le temps de m'y mettre. Et je ne vis pas seule. J'ai deux adolescents. Mes neurones sont grandement sollicités. Ma tolérance aussi. Toute ma sérotonine, cette hormone du bonheur, est occupée à m'insuffler de la patience. C'est une autre de ses fonctions. Je mange des œufs, du chocolat noir, tout ce qui peut la stimuler encore plus.

Mon jeune révolutionnaire est maintenant très actif. Dire qu'il nous avait toutes fait craquer lors d'une manifestation en criant avec son mégaphone, de sa voix enfantine : « Non aux coupes ! Les gros porcs, on vous lance de la merde !! » Comme il avait été applaudi, et qu'il aimait s'entendre, il en avait rajouté une couche : « On veut la révolution, les gros cochons ! » Kim m'avait soufflé : « Ça va, l'éducation de tes enfants ? » Lili, qui nous avait entraînées à la manif, voulait l'épouser. Alex avait pris la plus belle des photos. Il est toujours militant, presque anarchiste. Appeler ses chats Mao et l'autre Che ne suffit plus. Avec ses cheveux longs, son toupet qui masque sa vue et un regard frondeur, il peaufine ses actions subversives.

Lorsqu'on me fait remarquer : « Tu manges encore du chocolat », je réponds : « Oui, pour le bien de mon fils... »

◆

Ça fonctionne à tout coup. Lorsqu'il y a une annonce promise, que la curiosité est éveillée, les soupers s'organisent plus rapidement. Les horaires de mes pigistes préférées se sont alignés. Le beau temps est au rendez-vous, et nous avons opté pour un nouveau restaurant dont on dit grand bien. Remarquablement lumineux. Des miroirs, une tapisserie que la propriétaire a fait dessiner spécialement pour l'endroit et de magnifiques lampes suspendues. On note le soin porté à l'éclairage. Nous serons resplendissantes jusqu'à la fin de la soirée.

— On se sent bien, ici ! approuve Kim.

Elle est couverte d'un joli manteau vert sauge qui s'agence à merveille au décor du restaurant. Une trouvaille d'une de ses boutiques de seconde main qu'elle aime particulièrement. Bien avant la tendance, bien avant que ce soit considéré comme un geste socialement responsable, elle était une habituée. Kim est douée pour donner une deuxième vie à des vêtements. Même les souliers, ce qui me répugne secrètement. Elle y passe régulièrement et la propriétaire connaît maintenant ses goûts et sa taille. Elle lui réserve quelques-unes de ses meilleures pièces, à bon prix. Ce manteau en lainage léger en est un parfait exemple. Notre belle amie le porte fièrement.

Pour le repas, j'ai pris mes précautions. Bien maquillée, j'ai appliqué une double couche d'anticernes pour m'éviter les remarques sur une présumée fatigue ou sur mon état en général. Je vais bien. J'apprécie le vert tendre des arbres, les journées qui s'allongent. J'ai enfilé une tunique rose cendré sur mon jeans et de longs colliers en turquoise, bohèmes. Il y a de ces soirs où l'on s'amuse avec son allure. Comme un miroir de ce que l'on vit intérieurement. Et il n'y a rien à célébrer, sinon le plaisir d'être ensemble. Je ne vais pas mentir ni fabuler. Je tenais à revoir Juliette. Vérifier qu'elle allait bien. Lui partager mes doutes. L'encourager à voir un psychologue, sans lui déclarer son amour à la cinquième minute de la rencontre.

Alex ne viendra pas. Elle part demain pour rejoindre un autre amoureux. Son Manuel argentin. Elle doit se préparer et faire ses adieux à son pompier, qui sera là au retour. Qui l'attendra sans se priver.

— Tu crois que ça va durer, ses histoires? me demande Kim, curieuse.

La vérité: j'en doute. Un des amants voudra l'exclusivité; finira par trouver inconvenant ce partage. J'imagine Laurent insister pour qu'Alex mette un terme à ses autres relations. En théorie, dans les grands discours, le polyamour est captivant, attrayant. En pratique, même si le cœur est élastique, j'en suis moins convaincue.

Notre réflexion sur la multiplication des amants et sa viabilité est interrompue par un texto de Juliette. Nous le recevons toutes les trois. Elle a oublié notre souper. Elle est chez elle, sous sa douillette. Elle manque de courage pour s'habiller, sortir. Elle est navrée, mais « vous comprenez ? ».

— Non, je ne comprends pas. Elle a quel âge pour oublier ses rendez-vous ? Je suis certaine qu'elle ne manque pas une seule rencontre professionnelle. Avec ses amies, là, ça ne compte pas, s'offusque Kim.

— Qu'est-ce qui se passe avec elle ? se trouble Lili, piteuse.

Je décode son message. La douillette et le confort de la maison ne sont que de pâles excuses. Juliette ne va pas. Nous allons en avoir le cœur net.

— Les filles, on se rhabille ! On s'en va chez elle.

— On part comme ça du resto ?

— Elle ne veut pas nous voir, rappelle Kim.

— Elle est peut-être avec quelqu'un. On risque de la déranger, ou de la surprendre, ajoute Lili.

— OK. Je compte jusqu'à dix !

Elles enfilent leurs manteaux. Vert sauge pour l'une, rose pur pour Lili, qui déclare en avoir assez de cette couleur. Elle est prête pour un grand ménage dans sa vie.

— Une transformation complète ! Je vous jure, vous ne me reconnaîtrez plus !

Ça promet – et ça ne se fera pas sans écueils. Pour l'instant, Juliette est au cœur de nos préoccupations. Polies, nous nous excusons à la serveuse, sans mentir. Nous avons une urgence. Nous montons dans ma voiture et fonçons droit devant, vers chez elle. Trois secouristes d'une âme en peine.

Juliette habite au deuxième étage d'un vieux triplex, au charme indéniable et aux vitraux d'une belle époque. Je frappe délicatement à la porte. Mes tentatives restent vaines. Je cogne avec plus de conviction.

— Arrête de piocher comme ça, les voisins vont débarquer.

— Elle dort peut-être ?

— Tu crois que c'est une bonne idée de la réveiller ? Elle doit être épuisée.

— Allez, cogne plus fort, me prie Lili.

Pas de réponse, ni de signe de vie.

— On l'appelle, d'accord ?

— Merde, sa boîte vocale... Juliette, on est là, devant ta porte. On veut juste vérifier si tu vas bien. Viens nous ouvrir, s'il te plaît. On ne restera pas longtemps, promis.

— Ça m'angoisse, avoue finalement Kim, qui, il y a quelques minutes, s'exaspérait de notre insistance.

— J'ai un mauvais pressentiment, dramatise Lili en se balançant d'un pied à l'autre.

— Elle dort peut-être. Mais j'en doute. Elle ne veut pas nous parler ou nous voir. Ça m'arrive parfois. Ce n'est pas une obligation d'être présente pour tout le monde...

— Alors, qu'est-ce qu'on fait ici ? s'impatiente Kim.
— On veut savoir si elle est vivante ! déclare Lili.
— Lili !! Tais-toi !
— Si elle s'est pendue...
— Lili !! Arrête ou je te frappe.
— Pardon ? Répète ça, s'il te plaît ?
— Oui, une petite tape derrière la tête, que tu retrouves la raison.
— Frapper, c'est frapper. Il n'y a pas de petites ou de grandes tapes. T'es malade !
— Non, c'est toi qui envisages constamment le pire !

Cette fois, ce sont nos voix qui s'élèvent bien plus que les coups à la porte qui risquent d'énerver les voisins. C'est toujours le même scénario lorsque nous sommes anxieuses. Je revois, l'espace d'un instant, la scène de l'étouffement d'Alex au restaurant. Et nous quatre, paniquées, nous criant les unes sur les autres.

— Les filles !

Une voix derrière nous se fait entendre.

— Qu'est-ce que vous foutez là ?

C'est Juliette. Lili dévale l'escalier et tombe dans les bras de notre amie, qui n'est ni coiffée, ni réellement habillée. Elle porte son pantalon de pyjama et a les cheveux étrangement relevés. Lili étreint notre revenante, qui tient un sac de chips.

— T'es vivante, je suis tellement contente!!

Kim se tourne vers moi et me lance un regard découragé.

— T'entends ce qu'elle raconte? Dis-moi que t'as pas envie de lui secouer le pommier.

— Je ne frappe personne. Mais je te donne raison, elle manque de filtre.

Sans grand enthousiasme, Juliette nous fait entrer dans son appartement. Nous lui expliquons notre inquiétude. Qu'on a cogné un peu fort à sa porte. Si ses voisins le lui mentionnent la prochaine fois qu'elle les croise, elle n'a qu'à dire qu'elle fréquente des filles intenses. Qui souhaitent son bien.

— Pourquoi t'es pas venue au resto?

— Je suis juste fatiguée. J'avais envie d'être seule.

— Seule, combien de temps?

— Je ne sais pas. Je n'ai plus d'énergie. Je me sens vidée.

Toujours en tenant son sac de chips comme s'il était sa dernière possession, elle se dirige tout droit vers son sofa. Et s'y effondre.

— J'ai une de ces migraines... On dirait que la tête va m'éclater.

— Et bouffer des chips, ça guérit?

Sans avertissement. Sans que nous soyons préparées à la scène, Juliette se met à pleurer. Du fond du cœur. Ça vient de loin. C'est même un peu bruyant. C'en est trop pour notre sensible Lili, qui laisse couler quelques larmes à son tour. On peut toujours compter sur elle dans ces moments.

— Juju, ça me fait de la peine de te voir comme ça.

— Juju ? répète Kim, qui cache mal son exaspération même devant le spectacle d'une femme aux cheveux bruns, gris et bleu tonnerre qui souffre.

— Qu'est-ce qui se passe avec toi ? pleurniche Lili.

Il n'y a pas de réponses à obtenir tout de suite. La digue vient de céder. Juliette, la gentille autoritaire qui dirige les plateaux de tournage avec une force tranquille, s'écroule sous nos yeux. Elle se liquéfie, même. La scène est bouleversante, c'est vrai. Comme les pires peines d'enfants. Celles qui sont inconsolables. On voudrait les vivre pour eux. On y assiste, impuissants, le cœur serré. Mon instinct prend le dessus. Je m'assois à côté d'elle et je la berce dans mes bras en murmurant des « Chut, chut » tout doux. Exactement comme je le fais avec les miens, depuis qu'ils sont tout petits. Les vieux réflexes ressurgissent. Je ne sais pas pourquoi, je me mets à lui caresser la tempe et à chanter une berceuse. J'ai droit à un autre « Ça va pas, la tête ? » de Kim, soufflé sur un ton presque sympathique. Puis à un rire de Lili suivi, par un don du ciel, de celui de Juliette. Sans doute à sec, et se sachant bien entourée, elle retrouve l'usage de la parole.

— Je ne me rappelle plus la dernière fois qu'on m'a chanté *Dodo, l'enfant do...* dit-elle en reniflant.

Je pleure et je ne sais même pas pourquoi. Je n'ai pas de raison.

— On ne pleure jamais pour rien. Tu vas aller voir un médecin demain matin, lui intime Kim. T'es crevée, t'as besoin de repos. Si tu veux, je t'accompagne.

— J'ai seulement un gros mal de tête. Pour le médecin, je vais passer mon tour. La dernière fois qu'on a été à un rendez-vous ensemble, c'est chez le psy. J'ai fait une folle de moi.

— Juliette, non! T'as osé, bravo! l'encourage Lili, dont le mascara n'est manifestement pas à l'épreuve de l'eau.

À son tour d'afficher des demi-lunes sous les yeux. Tant qu'elle ne s'en rend pas compte, on s'abstient de le lui faire remarquer. Elle couperait court à une conversation qui doit avoir lieu pour le bien de Juliette.

Et elle a raison, notre cernée du moment. C'est bien d'oser, de tenter sa chance quand on a l'impression qu'il faut la saisir. Mais en général, il est préférable d'attendre au-delà des cinq premières minutes d'une rencontre pour déclarer son attirance à un étranger. Surtout s'il est professionnel de la santé, médecin, psy ou autre. Dans ce secteur, audace ou non, on s'entend qu'éviter toute tentative de séduction est à recommander.

Lili, qui ne s'est pas encore vue dans un miroir, prend la relève. Elle se met à caresser la tempe de notre amie. Kim lui retire délicatement son sac de chips et se rend dans la cuisine. Tandis que Juliette se mouche dans les bras de la plus tendre d'entre nous, Kim revient. Elle me fait signe de la rejoindre dans la cuisine. Une zone de guerre. J'ai l'habitude des chambres d'adolescents, des montagnes de vêtements, des assiettes au contenu ratatiné cachées sous le lit, des draps défaits, des notes de cours éparpillées. Un triste spectacle. Juliette est la chef du groupe. Celle qui fait rouler des plateaux, que toutes les boîtes de production rêvent d'avoir sur leurs projets. Elle est cartésienne et a besoin d'un cadre clair, précis, pour bien fonctionner. Elle impose aux autres une discipline bienveillante. Devant la vaisselle qui s'empile sur les comptoirs, les boîtes de bouffe rapide qui débordent du bac de recyclage, et un bol de nourriture pour chien séchée, j'ai un haut-le-cœur.

— C'est le vieux bol de Mistral, qu'elle n'a pas touché ?

— Non. Je refuse cette idée ! Je ne la veux même pas dans mon esprit, déclare Kim, catégorique.

— Elle a peut-être été plus marquée qu'on le croyait ? j'ajoute tout en me remémorant la peine de Juliette à la disparition de son fidèle labrador.

Mistral est mort après avoir avalé, une dernière fois, un jouet de plastique. Sans subtilité, il les préférait à la bouffe bio que lui servait sa maîtresse : croquettes de volaille élevée en liberté, graines de lin et galettes de poisson sauvage chèrement payées. La première opération pour déloger le joujou lui avait coûté trois mille cinq cents dollars. Le prix des électroménagers qu'elle attendait avec impatience. Debout devant son poêle et son frigo, je constate que l'achat n'aurait pas été un luxe.

— Y a des rats ici, je suis certaine, s'alarme Kim.
— Qu'est-ce qu'on fait ?

Du salon, une voix se fait entendre.

— Les filles, ne regardez pas la cuisine, c'est le bordel ! Je n'ai pas eu le temps de faire mon ménage.

D'après l'état des lieux, le temps lui manque depuis plusieurs semaines.

— Pas de problème, on va te nettoyer ça ! je lance avec un entrain forcé.
— Surtout ne touchez à rien !

Il nous faut une heure pour tout frotter. Faire tremper les plats collés, laver, jeter. Juliette s'endort finalement sur les genoux de Lili, qui n'ose pas bouger de crainte de la réveiller. C'est parfait. Elle n'a pas eu à assister à la scène et à faiblir en voyant le désordre incroyable de la cuisine. Au moment où je rince l'évier, Kim me fait un petit signe de la tête vers le corridor. Je décode, et j'accepte. Nous conservons nos gants et nous dirigeons vers la salle de bain, où s'affiche également l'humeur de notre amie. Son étonnante perte de contrôle.

— On commence par où ?

Kim me laisse me charger des opérations. J'ai au moins du leadership en matière de corvées ménagères.
— Par la pharmacie. Je veux voir tout ce qu'elle prend.
— Ça reste pas un peu personnel, la pharmacie ?
— Pas dans ce cas-ci.
— Tu penses à des antidouleurs ? De la drogue ?
— Chut ! Si elle nous entend...
— Ça ne se fait pas. C'est comme fouiller dans un sac à main.
Elle a raison. Je résiste. Ça chuchote au loin. Lili regrette sa position bienveillante. Elle préférerait se trouver dans l'action avec nous. Ou, pour être honnête, assister au spectacle d'un appartement qui a perdu son âme et sa salubrité depuis des semaines. Elle mime qu'elle veut être dans la pièce elle aussi. Kim pointe son doigt vers elle. Avec une intensité qui flirte avec l'intimidation, elle ordonne à notre couveuse de se tenir assise.
— Tu ne bouges pas. Compris ?
Il n'y a que Kim pour s'adresser ainsi à Lili. Et que Lili pour le recevoir de Kim docilement. Elles s'aiment à leur manière, ça se voit. Il n'y a rien à répondre. Lili le sent. Elle ne riposte pas. Ne s'offense pas. Elle continue de caresser l'épaule de notre amie épuisée par les pleurs. Au moment où on se retourne, elle tente néanmoins un léger « Les filles, prenez des photos... ».

— Elle veut franchement un coup derrière la tête, celle-là, s'impatiente Kim.

Non, elle est troublée, désemparée, et ça nous fait dire des bêtises. On ne sait pas comment réagir à la détresse des autres. À leur désarroi. Qu'il soit annoncé ou subit. On se demande ce qu'on a laissé filer. À quel moment notre instinct a fait défaut. Une fois que la situation est connue, on refait le parcours en marche arrière. On se trouve naïves, maladroites de ne pas avoir vu venir le coup. Les indices y étaient, parsemés comme les cailloux pour retrouver une route. Rien du fil d'Ariane, si long, avec ses détours, son labyrinthe. La vérité était là, bien affichée, en ligne droite. On l'a simplement échappée. On se sent coupables. C'est mon cas. Celui de Lili. Sans doute celui de Kim, qui frotte maintenant le bain avec une énergie proche de la rage.

Il nous reste la chambre à coucher. Dans de mauvais jours, à court d'argent, avant de vendre notre corps, nous pourrions créer une entreprise de nettoyage, toutes les deux. Nous sommes d'une efficacité redoutable. Je suggère ce modèle d'affaires à Kim. Elle m'informe que le ménage ne fait pas partie de son plan de carrière. Tant mieux si c'est le mien. Et elle me souligne que mes belles années sont passées pour la prostitution.

Je repars vers la cuisine, pour trouver de quoi boire et un numéro pour commander à manger. Pour qui se prend-elle ? Moi, trop vieille pour la prostitution ? Ça ne figure pas dans mes ambitions. Par contre, je me suis toujours rassurée : en cas de force majeure, ce serait une option. Une fois ou deux. Avec quelqu'un de très vieux, à la vue faiblissante.

Lili s'est libérée de l'emprise de Juliette, qui dort profondément maintenant.

— Je vais aider Kim. À quoi tu penses ? s'informe-t-elle en me voyant la tête penchée contre mes jambes, les mains sur ma nuque.

Je me relève pour lui dire la vérité.

— À Juliette surtout. À ce qui nous a échappé. Et à ma carrière de travailleuse du sexe. Kim vient de trancher : je suis trop vieille, je dois l'oublier...

— C'était dans tes plans !? Qu'est-ce qu'elle raconte, Kim ? Ta carrière n'est pas foutue ! Ne l'écoute pas. Y aura toujours un vieux qui aura envie de toi.

C'est ainsi que je l'aime, mon amie au mascara qui n'est pas à l'épreuve des larmes. J'aime aussi celle qui s'attaque férocement au bain. Et l'autre, qui sommeille sans soupçonner la force d'un groupe. L'incroyable filet d'entraide qui vient de se déployer autour d'elle. Subitement, je m'ennuie de mes enfants. Quand je suis triste, ils me manquent. Terriblement.

Fixer le plafond

On a beau dire, il reste qu'une moitié de leur enfance nous échappe. À toutes celles qui me lâchent « T'as de la chance, t'as une semaine juste pour toi », j'ai envie de répondre : « Oui, c'est génial, je manque la putain de moitié de leur enfance ! » Ils débarquent et je trouve qu'en l'espace d'une semaine ils ont vieilli. Et je ne suis plus à jour dans les devoirs, les retenues, les disputes avec les amis, leurs peines, leurs exploits.

Quoique ça, les exploits, ils appellent pour les partager. Et je voudrais être avec eux pour les serrer contre moi, gonflée de fierté. Quatre ou cinq jours plus tard, la fierté est encore là, moins apparente.

Je passe par-dessus les fêtes, les Noëls, les grands événements. Je ne parle que du petit quotidien qui file. De cette impulsion d'en faire un peu trop lorsqu'ils reviennent. De vouloir célébrer ces retrouvailles, après sept jours d'absence. On fait le ménage de leurs chambres. On lave les draps, on range tout, pour mieux accueillir ce qu'ils laisseront. On cuisine leurs repas préférés, on fait de son mieux. Les premiers jours. Après, on n'a plus le temps. On court, comme toutes les autres mamans. Et lorsqu'ils partent pour une autre semaine, on regrette les occasions manquées, une impatience, une activité annulée, un lunch vitement fait. Ma spécialité.

Un jour, du fond du cœur, mon fils m'a annoncé qu'ils étaient si ordinaires que même ses amis qui avaient oublié leurs lunchs ne voulaient pas du sien! Pourtant, en début de semaine, je faisais des efforts. Les lundis et mardis, ils avaient droit aux bâtonnets de céleri et de carotte finement coupés. À des sandwichs jambon, beurre, double mayonnaise et à des chocolats révolutionnaires à leur façon, qui défiaient les consignes du service de garde.

Oui, une semaine sur deux, je me donnais. On se berce de l'illusion qu'ils ont besoin de nous, les enfants, c'est vrai. Et en réalité, on a tout autant besoin d'eux. Le vide est immense. Et on se retrouve parfois dans son lit, seule, à fixer le plafond. À se demander comment on aurait pu faire autrement. Faire mieux ? Pour eux. Pour soi. Pour cette famille qui n'existe plus.

Et avec votre psy, ça va ?

Lili a décidé de repeindre son condo. Ses parents le lui ont reproché. On ne change pas les couleurs tous les deux ans ! Ils ont critiqué les teintes. Surtout ce vert antique et ce chanterelle, « ça ne lui ressemble pas ! ». Ils ont approuvé le gris cachemire, sans doute influencés, comme moi, par les noms. Notre amie n'a pas cédé. Elle aurait son propre nuancier. Celui de son indépendance. D'une forme d'émancipation. Il marquera la fin d'une époque, du rose et des roses, de la présence de Marilyn sur les murs. Elle échappera au romantisme exacerbé qui a marqué sa vingtaine. Elle ne s'accrochera plus à l'impossible. À une vision idyllique des relations, de l'amour. Elle arrêtera de fréquenter les hommes trop doux, trop tendres, dont elle finit par se lasser.

— Désolée, mais c'est comme ça. Je veux qu'on m'aime. Pas mollement. Je ne veux plus qu'on m'apporte des fleurs. Qu'est-ce qu'elles reçoivent, les filles sexy, celles qui foncent, qui mènent?

— Tu me demandes ça, à moi? réplique Kim. Rappelle-toi que j'ai accepté pendant un an une relation avec un livreur UPS. Depuis, il y a eu le stagiaire au bureau, qui a encore des boutons d'adolescent, et mon entraîneur au tennis. Un classique. Une fois et ça m'a suffi. Je redoute qu'il fasse la tournée des élèves et qu'il nous note. Ç'a été nul. Complètement.

— Pourquoi?

— Aucune chimie. Ça ne passait pas entre nous. Je l'ai su au moment de l'embrasser. Ça annonçait rien de génial pour la suite.

— T'as continué?

— Il était chez moi, j'étais prête et j'avais envie...

— Envie de quoi?

— De me faire pénétrer. D'une queue. Ça me manquait. J'aurais dû passer mon tour. C'était banal, mécanique même. Zéro sensuel. Deux organes génitaux qui se rencontrent. Ça m'a déprimée.

— T'as quand même joui? veut valider Lili.

— Oui, quand il est parti. Seule dans mon lit.

— Parlez moins fort, les filles. Les tables voisines entendent tout. Et tu me rassures, Kim. Je passe mon tour depuis des mois. Je t'écoute et je réalise que je fais bien d'attendre. Le sexe mécanique, juste pour l'échange des fluides, ça ne m'intéresse plus, j'ajoute. Lili ne s'attarde pas au sujet. Elle se préoccupe surtout des présents – tout sauf des roses – qu'elle attendra de ses futures conquêtes.

— Tu les as reçus chez toi ? Qu'est-ce qu'ils t'ont apporté ?

— Le prof de tennis, une bouteille de tequila. Il est reparti avec ce qui restait. La grande classe ! Tellement grossier, quand j'y repense... Et le stagiaire, un bouquin sur le design. Plus délicat comme attention. Mais il n'était pas très doué pour le reste.

— Eh bien, je veux un amant qui m'apporte de l'alcool ou un livre !

— Si tu savais comme je m'en balance, des cadeaux. Je veux un homme qui me fasse jouir. Qui prenne le temps de m'embrasser, de me caresser lentement. Qui ne dépose pas sa boîte de condoms sur la table en débarquant chez moi.

Elles évoquent leurs rencontres, leurs fantasmes et leurs déceptions sexuelles sans se priver. Par contre, Kim et Lili parlent rarement de leurs visites chez le psy. Je m'attendais à plus de confidences. À de véritables partages autour de ce qu'elles déballent devant un étranger aux yeux indéfinissables. Tout ce que j'en devine, c'est qu'il est de ceux qui écoutent beaucoup. Doué pour renvoyer les questions. Le vieux truc du : « Qu'est-ce que vous en pensez, vous ? » Peu importe ses méthodes, mes amies « travaillent » sur elles, ces derniers temps. C'est ce qu'elles confirment. Mais pour l'instant, le sort de Juliette demeure notre priorité.

Le lendemain de sa débâcle, elle s'est obstinée à se rendre au travail, se croyant indispensable.

— Tout le monde est remplaçable, Juliette.

— Tu n'es pas en état de t'occuper d'un plateau de tournage.

— Tu dois prendre soin de toi.

Elle nous a promis qu'après ce contrat, qui s'achevait dans trois semaines, elle prendrait une pause. Elle passerait au travers. Nous l'avions vue dans un très mauvais moment. Nous aurions dû respecter son choix d'être seule, de ne pas venir au resto, nous a-t-elle reproché. Elle ne pleurait jamais. Nous avions assisté à la crise qui ne se produit qu'une fois tous les deux ans.

◆

Nous sommes attablées au petit café, en bas de chez elle. Boiseries, chaises disparates, une surabondance de plantes qui donnent l'impression d'être dans une serre exagérément humide. L'endroit est chaleureux. Dans tous les sens du mot. C'est exceptionnel qu'on se rencontre si tôt. Juliette arrive la dernière. Elle a manqué la discussion entre Kim et Lili. Elle joue à la perfection son rôle de celle qui va bien et se réjouit du début de l'été.

La veille, elle a pris rendez-vous chez un ami coiffeur. Elle est radieuse – une véritable actrice –, avec une chevelure cendrée aux reflets bleus. Magnifique. Nous voulons aujourd'hui insister pour qu'elle se présente à un autre rendez-vous, plus important à nos yeux. Nous lui avons trouvé une psychologue, vivement recommandée par une collègue de Kim. Et je suis chargée de lui en parler, avec tout ce que j'ai d'affection pour elle. Malgré ma délicatesse, la proposition ne passe pas.

— Vous avez publié une annonce ? «Jeune femme déprimée cherche psychologue féminine de toute urgence»? En précisant à côté d'un petit astérisque ou entre parenthèses «parce que, avec les hommes, elle tombe en amour dans les quinze secondes»?

— Non, juste : «Une amie a besoin d'aide. Vous connaissez quelqu'un de bien ?»

— Besoin d'aide? Ça va, l'exagération? Pas dramatique du tout, les filles. Oui, vous avez vu le bordel chez moi... Je travaillais tellement. Je n'avais plus le temps de faire le ménage, ni de cuisiner.

— Tu étais débordée.

— Je comprends. Pareil pour moi quand je travaille trop, veut la rassurer Lili.

— C'était insalubre, affirme Kim.

— Kim !

— Qu'est-ce que tu veux qu'on lui conte ? Moi aussi, je peux changer de couleur de cheveux, enfiler mon plus beau t-shirt et sourire. Ça ne veut pas dire que ça va mieux. Juliette, ta cuisine était dégueulasse. Ta salle de bain, pire encore ! Ça ne te ressemble pas. T'es sortie en pyjama acheter des chips, toi qui as nourri ton chien de bouffe bio toute sa vie ! T'as vu ta tête ce soir-là ? C'est plus que de la fatigue ou une migraine. On veut ton bien. Pas que tu nous joues la comédie.

— Chut, tu parles trop fort ! murmure Lili, dont les pommettes deviennent roses.

Je souhaite être diplomate, nuancer les propos de notre amie qui fixe Juliette dans l'attente qu'elle admette ou qu'elle craque, une seconde fois.

— Kim, ça va, arrête de la dévisager comme ça.

— Ben quoi, on jase ! Je ne la dévisage pas, je l'observe.

— Les filles, je suis là. Et je ne suis pas encore complètement tarée. D'accord, t'as raison Kim, mon appart était dégueulasse. Moi aussi, ce soir-là, merci de me le rappeler. Ça nous arrive toutes, des mauvaises journées, des mauvaises semaines. C'en était une. En plus, j'ai des migraines, des vraies, à me donner envie de me frapper la tête contre les murs, comme toi avec ton chauffeur UPS. Dans ces moments-là, je me l'arracherais, la tête. Mais regardez-moi bien, j'ai l'air en détresse? Je corresponds à l'image d'une femme dépressive qui a besoin d'aide?

— Il n'y a pas de description précise. Ça ne s'affiche pas nécessairement, Juliette. J'ai fait des recherches, j'explique doucement.

— Tiens! Le chat sort du sac : t'as fait des recherches sur mon cas.

— J'ai aussi fouillé sur le sujet, parce que je m'inquiète, figure-toi, ajoute Kim.

— Et toi, Lili, t'as *googlé* « femme, mi-trentaine, dépression » ?

— Non... Je suis tombée par hasard sur un article dans un magazine, bredouille notre amie, peu douée pour le mensonge.

— Si je comprends bien, en sortant du café, y a deux mecs qui vont m'enfiler une camisole de force et m'emmener en institut psychiatrique? Vous avez planifié une intervention? s'indigne Juliette.

— De quoi tu parles?

— On est là pour toi, Juju! promet Lili, dont les yeux s'embuent de manière inquiétante.

— Merde, tu vas pas te mettre à chialer en plus, lance Kim.

— En plus? En plus de quoi? De mon cas lourd? De ma folie? reprend Juliette.

— Personne ne parle de folie. Juste d'un déséquilibre. Ça se rétablit. Il ne faut pas s'en faire. Pourtant,

t'as une belle vie, je n'arrive pas à comprendre...
Désolée, je ne voulais pas dire ça, s'embourbe Lili.
Elle prend son air coupable. Elle vient de se trahir. Rien pour améliorer sa cause ni l'humeur de Juliette, qui est de glace maintenant.

— Vous êtes devenues thérapeutes ? Votre psy vous donne des cours accélérés ?

Elle se tourne vers moi. Je tente de lui expliquer, sans m'agiter sur la chaise de bois, de plus en plus inconfortable. Je reformule notre proposition. Nous voulons son bien, prendre soin d'elle. Nous avions fait la promesse de ne pas y aller de ces banalités sur le bonheur à venir, de ne pas juger la vie qu'elle menait. Pour éviter les malaises comme celui que nous vivons, là, dans ce café aux allures de forêt tropicale où j'ai très chaud.

Je connais trop bien Lili-la-candide et Kim-la-tranchante. Et il existe toute une série de phrases qui se veulent bienveillantes, mais qui ne procurent aucune consolation. Du « Secoue-toi un peu, ça va aller » à « Vois les choses autrement ». Elles ont pourtant été informées de ces expressions interdites. Et bam ! En dix minutes, elles ont échoué le test. Coup sur coup, elles ont lâché ces formules creuses.

— Ça va, j'ai compris. Combien je vous dois pour la consultation ?

Notre amie se lève. Elle s'apprête à quitter ce paradis exotique, alors que nous n'avons pas encore reçu nos cafés. Sa sortie est interrompue brutalement. Sans aviser, Kim se jette sous la table en répétant : « Merde, merde, merde ! » Lili se penche pour lui demander ce qu'elle fout là et lui faire remarquer que le plancher est affreusement sale.

— Continuez à parler ! Arrêtez de baisser la tête, bordel ! chuchote avec tout ce qu'elle a d'autorité la voix sous la table.

— Qui t'as vu ? s'enquiert Juliette en se rassoyant, soulagée de la diversion.

— Faites comme si j'étais pas là ! siffle Kim.

La porte du café s'ouvre et, contrairement aux ordres de celle qui salit son jeans et qui profite d'une vue rare sur nos mollets, nous nous taisons. Un homme vêtu d'un uniforme fait son apparition dans le café avec deux colis. Il a la démarche assurée, fluide. Le teint bronzé, un visage parfait. Et un sourire de conquérant. Lorsqu'il met les pieds dans un endroit, il doit attirer l'attention. S'attendre à ce qu'on l'examine en s'étonnant de le voir si beau, si confiant dans son costume brun. Comme son camion.

Kim, follement éprise, nous avait parlé de lui des mois durant. Leurs rencontres furtives, les moments volés et leurs ébats parmi les boîtes. Elle l'avait espéré, attendu. Il l'avait déçue. Incapable de laisser sa femme, ses fils. Ces promesses bidon, ces illusions qu'il avait fait miroiter, elle y avait cru. Et avait été dévastée.

Toutes les trois, nous le fixons. Comme si l'image que nous nous en étions faite, chacune pour soi, s'effaçait. C'est une révélation. Sans consulter les autres, je suis certaine qu'il est beaucoup mieux là, devant nous, que cet homme que nous avions dessiné dans nos esprits.

Kim nous avait dépeint son physique, ses yeux, sa bouche en détail. Nous étions persuadées que l'amoureuse exagérait. Nous la laissions à sa vision déformée, bonifiée. Pourtant, elle n'enjolivait rien. Et nous sommes interdites. Muettes.

— Il m'a vue ? Allez, parlez entre vous, implore la voix en bas.

Nous inspectons l'inconnu. Enfin un visage sur cette histoire – parce qu'il refusait de se laisser prendre en photo par Kim. Pas une seule. Il devinait probablement la fin. Redoutait le chantage. Les menaces d'une maîtresse qui, d'un seul petit clic, d'une photo envoyée, pouvait faire éclater la famille. Au moment de quitter le café – parce qu'il a sûrement senti trois regards insistants sur lui –, il nous sourit. Bêtement, je lui souris en retour. Lili et Juliette restent immobiles, le fixant, médusées.

— Je peux sortir ? Il est parti ?
— Oui, reviens parmi nous...

Kim réapparaît. Elle se glisse sur sa chaise avec une aisance et une souplesse acquises dans ses cours de yoga. J'évite de la complimenter sur son agilité, surtout qu'elle paraît ébranlée.

— Ça va ?

— Non. Pas du tout. J'aurais voulu le voir. J'ai été lâche.

— Parfaitement normal comme réaction de se cacher sous la table. Tous les adultes raisonnables ont ce réflexe, ironise Juliette.

La scène semble lui avoir insufflé une dose d'humour. Ou de sarcasme. Kim ne s'en offusque pas.

— Il était comment ? s'anime-t-elle.

— Beau. Résolument beau, statue Lili, admirative.

— Il avait l'air heureux ?

— Oui.

— Et après ? s'impatiente Kim, qui veut en savoir plus.

— Tu t'attends à quoi ? Qu'on te dise qu'il a fait une cascade en arrivant ? Qu'il s'est accroché aux plantes et a plané jusqu'au comptoir, la chemise entrouverte ? poursuit celle qui était prête à nous quitter quelques minutes plus tôt.

— Non, juste s'il avait l'air triste.

— Kim, de quelle façon veux-tu qu'on te le décrive ? Je te le répète : il n'avait pas l'air abattu. Il semblait plutôt bien, articule Juliette en appuyant sur chacune des syllabes. À mon avis, il est très conscient de son effet quand il débarque à un endroit.

— Pourquoi tu me dis ça ?! crie-t-elle.

— C'est toi qui as mis un terme à la relation. C'est ta décision. Et elle lui a souri quand il est parti, ajoute-t-elle en pointant dans ma direction.

— Tu as fait ça?! Pourquoi? T'es mon amie!

Kim se décompose sous nos yeux. Je lui explique que, depuis leur rupture, chaque fois qu'une des filles croise un camion brun, elle le salue d'un doigt d'honneur bien senti. On lui en veut, à ce bellâtre. Sous l'effet de la surprise, j'ai été confuse. Je regrette de lui avoir souri. Je ne saisis pas ma réaction. Le réflexe d'une fille polie. Le stress. L'étonnement de voir qu'il a l'air plutôt gentil.

— Gentil!? Tu te fous de ma gueule? Vous tenez clairement à m'achever, ce matin!

Lili, qui n'arrive toujours pas à gérer les crises, se met à pleurer. Ça devient une habitude.

— C'est moi qui devrais chialer, lâche Kim.

Rapidement, elle passe de la parole aux actes.

◆

Peu importe la manière dont l'histoire d'amour a pris fin, on appréhende cette première rencontre. Cette fois où on le croisera sur le trottoir, au café, comme ça, à l'improviste. Dès qu'on s'aventure dans un territoire où la possibilité d'un face-à-face est réelle, on fait un petit effort, au cas où. On se met du rose sur les lèvres, on marche la tête haute pour qu'il perçoive que tout va bien. Très bien, sans lui. Que ce soit vrai ou non. Oui, on redoute.

Le croiser, c'est déjà beaucoup. On espère qu'il sera seul, même si on s'est préparée aussi au pire des scénarios. Une femme à son bras. Tous les deux, amoureux. Souriants. Pour ne pas perdre complètement la face et sa dignité cette fois-là, on s'entraîne mentalement. On se joue le film dans sa tête. On l'imagine avec une autre. La scène suivante, il y a un gros plan sur notre visage, notre réaction. Ne rien laisser paraître, jouer la désinvolture, garder une certaine prestance. Notre dignité. Il faut une réplique, quelques mots neutres qui ne trahissent pas le choc. On encaissera dès qu'on sera hors de vue. «Ça fait longtemps. Qu'est-ce qui se passe de bon?» ou «Enchantée, ça fait plaisir», en tendant la main à celle qui nous a remplacée.

 Je devine le coup que vient de recevoir Kim. Même si elle n'a entrevu l'ancien amoureux que de loin, une fraction de seconde. Le temps de se cacher. Ç'aurait pu être plus douloureux.

 — Je ne m'attendais pas à ce qu'il soit si beau, lance Lili, en voulant se reprendre et lui faire un compliment sur son bon goût en matière d'hommes.

 — Tu me tues. Sérieusement, conclut Kim en essuyant rageusement ses larmes. Arrête de me répéter qu'il est beau!

Le bilan de ce petit matin s'alourdit. Deux filles pleurent. Initialement, nous allions prendre un café ensemble. Vérifier l'humeur de Juliette, lui conseiller une psychologue. En ce moment, elle semble ailleurs. Déconnectée. Elle fixe l'activité sur le trottoir. Pourtant, rien d'excitant, tout au plus deux ou trois passants. J'abandonne mes pleureuses pour me diriger vers le comptoir et régler l'addition. Je voudrais qu'Alex soit là. Elle est encore loin. Notre polyamoureuse explore l'Argentine avec celui qui a une femme et des enfants, quand ça lui dit.

À mon retour, Juliette enfile son imper, replace ses cheveux éclatants. Avant qu'on la retienne, qu'on poursuive la conversation à son sujet, elle se lève. Décidée, cette fois.

— Merci, les filles. C'était super. Et avec votre psy, ça va ?

Plonger dans le vide

Lili crie. Elle vient de lâcher prise. S'est élancée dans le vide. À cet instant précis, je doute de mon éclair de génie. Je vais jusqu'à le regretter. Je pense aussi aux enfants, à cette dernière phrase assassine lancée par Kim. Je n'ai pas à m'inquiéter pour eux, elle en prendra soin. Comme si ça me procurait une once de réconfort de savoir qu'elle veillera sur eux. Qu'ils apprendront à calculer mentalement les distances, les pourboires et le reste. Qu'ils seront habillés de vêtements de seconde main. Je n'ai pas de problèmes avec l'idée, écologique, socialement responsable. J'ai mes réserves par contre quant aux souliers déjà portés. Lorsque mon tour vient de plonger, je pense à ma fille et à mon fils, attifés de très vieilles chaussures, passées de mode.

◆

Après la rencontre tropicale qui avait mal tourné, j'avais marché pour me rendre à l'appartement. Les enfants arrivaient le soir. J'avais laissé les filles à leurs problèmes, leurs doutes, leurs questionnements. Où étaient passées la légèreté, nos envies de danser ou de nous époumoner sur les classiques ? Nos fous rires me manquaient. Nous n'allions tout de même pas être comme ces groupes de bonnes femmes névrosées qui s'engueulent et pleurent à chaque rencontre ?

J'avais fait une introspection. Évalué si mes vieux réflexes – ce besoin qu'on s'amuse à tout prix, de vouloir chasser les peines – ne prenaient pas le dessus. La réponse était négative. Toutefois, je n'aimais pas ce que nous étions en train de devenir. Toujours solidaires, oui. Prêtes à nous indigner, nous porter secours, nous protéger. Mais il fallait plus. Prendre le parti du plaisir, d'une forme d'allégresse qui n'implique pas d'être idiotes, simplement d'illuminer un peu le paysage. D'en apprécier les couleurs.

J'avais du temps devant moi. J'étais en attente d'un tournage et j'écrivais lorsque ça me plaisait. Le matin surtout. Ça me permettait aussi de pouvoir répondre aux appels de l'école de mon fils. Adepte de Che Guevara, il y menait sa propre insurrection. À plusieurs occasions, sa sœur, protectrice, avait intercepté des messages à ma place. Elle s'était même entraînée et imitait ma signature sous certains commentaires (peu élogieux) dans l'agenda de son frère. Une partie de moi était découragée lorsque j'étais conviée pour apprendre que son fidèle compagnon de lutte et lui avaient eu l'idée de génie de dévisser quelques pupitres. À une heure précise – c'était la consigne de son parti révolutionnaire –, ils les feraient basculer, tous ensemble, dans un incroyable soulèvement populaire. L'autre partie de moi était fière qu'il ne se range pas, qu'il refuse les ordres stricts et sans fondement. Qu'il se révolte (juste assez) comme il le faisait déjà au primaire, lors des récréations les jours de pluie. Entassés tous ensemble, bien assis dans le grand gymnase, à pouvoir murmurer uniquement, sans bouger.

Pendant ce temps, ma fille travaillait à un projet scolaire entamé depuis le début de l'année. Elle en était aux derniers ajustements, et le temps pressait. Elle m'épatait avec ce « jeans du centenaire » sur lequel, après de sérieuses recherches, elle avait choisi d'imprimer des visages de femmes et d'hommes qui avaient marqué notre époque. Elle avait une détermination que je n'avais pas. Une curiosité qui me fascinait. Son frère et elle étaient ma plus grande fierté. Non pas mon plus grand accomplissement, parce qu'ils s'étaient faits seuls. J'étais là, toujours présente pour les soutenir, les encourager. Mais le mérite leur revenait.

Alors, selon les appels d'une directrice zélée, les moments d'inspiration et les contrats, je maîtrisais à peu près mon agenda. En rentrant chez moi ce matin-là, j'ai choisi de prendre le contrôle de nos prochaines réunions amicales. Il y avait un coup de barre à donner, un changement de cap à imposer.

Je voulais retrouver l'élan de nos rencontres. Comme avant, lorsque nous assistions à un spectacle. Crier, danser, le temps d'une soirée où nous tombions toutes les cinq amoureuses du chanteur. Où nous rêvions d'être les meilleures copines de la chanteuse. Qu'elle se joigne à nos soupers. Nous en ressortions toujours gonflées à bloc, portées par une véritable joie. L'effet thérapeutique, enivrant des spectacles avait été testé à de nombreuses reprises par les Gonzelles. L'idée était prometteuse. Puis je me suis rappelé notre dernière soirée du genre. Après quatre heures passées debout sur un plancher pentu, nettement trop incliné, j'avais été incapable de me déplacer le lendemain. Mon temps à sautiller en levant les bras dans les airs et en secouant la tête dans toutes les directions était révolu. Mémé et ses mollets ne supportaient plus ce genre d'énervement...

◆

En surfant sur Internet, j'ai vite constaté que les propositions foisonnaient. Il y en avait pour tous les goûts. Sorties convenues, inspirantes ou parfaitement désolantes. Des soirées de soins de beauté à domicile, des ateliers de maquillage et même... de crêpage de chignon ! Nous en étions déjà spécialistes. Surtout Kim et Lili, dernièrement. Au-delà de leurs histoires familiales diamétralement opposées, je n'arrivais pas à mettre le doigt sur ce qui les amenait à se piquer à tout moment. Elles étaient l'allumette et le bâton de dynamite. Elles brillaient par leur différence.

D'un côté, la grande et svelte Kim, aux seins victorieux, au port de tête d'une ballerine. Cheveux courts, foncés, fonceuse, directe, au jugement acéré. Dotée d'un grand cœur, et d'une nouvelle ouverture sur les autres depuis sa grosse peine. Plus généreuse. De l'autre, Lili, à la tignasse blond framboise, petite, menue. L'allure d'une éternelle gamine. On a envie de l'embrasser, d'en prendre soin. Joyeuse, légère et extraordinairement gâtée par ses parents. Tandis que ceux de Kim ont tout perdu lorsqu'elle était enfant. D'une vie pleine d'aisance, elle est passée au dénuement dans un modeste appartement avec eux. Les leçons de ski, les camarades du centre équestre, la grosse voiture, les amis des parents, tout ça, d'un coup, a disparu. Sans même s'en rendre compte, peut-être Kim jalouse-t-elle Lili.

Les suggestions ne tarissaient pas. Les trop populaires séances de manucure, de pédicure, les journées au spa. Je n'ai aucune indulgence pour ceux qui conversent à haute voix dans les bains ou le sauna. J'imagine Juliette qui étouffe et angoisse. Lili qui parle trop fort, et se fait réprimander par Kim qui de son côté, se plaint de la chaleur.

Il y avait les ateliers d'un soir : poterie, broderie, origami. Plier, déplier, se concentrer sur un petit bout de papier, comme je l'avais fait chez Tendresse, pouvait attendre quelques années. J'étais à la recherche d'un électrochoc, pas d'une activité que nous pourrions faire à un âge vénérable. J'aspirais à un truc qui nous secoue, nous sorte de notre zone de confort. C'est là qu'est apparu le saut en parachute. S'élancer dans le vide, ouvrir grand les bras et hurler d'effroi et de plaisir à la fois. Se replacer les neurones.

Il resterait à convaincre les filles. Sauter dans le néant, le parachute qui ne s'ouvre pas, l'arrivée au sol assez brutale figureraient sans doute dans leur liste d'objections. J'avais cependant d'efficaces arguments en réserve. De nombreuses publications louangeaient les bienfaits du parachutisme pour le corps et l'esprit. Il s'agissait d'une forme de thérapie pour combattre ses frayeurs. On pouvait même devenir dépendant aux sauts ! Accro à la dopamine et à l'adrénaline qu'ils procurent. J'ai remarqué des photos de femmes et d'hommes aux sourires incroyables, une fois de retour sur terre. J'ai envié ces airs victorieux. J'étais prête pour une surdose d'hormones du bonheur. Ce serait notre thérapie. Nous sentir fortes. Nous étonner. Tester de nouvelles sensations. Voir le monde sous un autre angle. C'était à vivre une fois dans une vie. Ça se ferait maintenant. À cinq. Si Alex finissait par revenir d'Argentine.

Sans attendre – et avant de me dégonfler –, j'ai communiqué avec un centre réputé. On m'a recommandé le saut en tandem : nous ne serions pas seules dans le vide. Le tarif de groupe dépassait mon budget. Je voulais surprendre les filles, alors j'ai négocié. J'ai proposé d'écrire un article pour qu'il soit publié dans un magazine. Ça ne suffisait pas : l'établissement était déjà bien connu. Finalement, après quelques tractations imprévues, j'obtenais de sauter gratuitement avec les filles, en échange du tournage d'une vidéo promotionnelle et de quelques photos. Notre exploit serait documenté sur le site web et sur les dépliants. J'ai accepté. Il y avait longtemps que je n'avais pas été si excitée. La perspective de ce saut me réjouissait profondément.

◆

— Tu nous emmènes où ?
— C'est un secret.
— Il fait tellement beau !

— Le temps parfait ! je réponds, soulagée.

— J'ai horreur des surprises, annonce Kim. Celles que j'ai eues dans ma vie ont systématiquement été mauvaises. Du genre, un coup de deux par quatre dans le front.

— Je vais te faire la démonstration qu'il y en a des belles, aussi.

— Je veux te croire.

— Je suis excitée ! s'exclame Lili en tapant dans ses mains.

— Juliette, toi, ça va ?

— Avec vous, prête à tout, les filles !

Sans nous consulter, nous avons chacune revêtu notre équipement de combat. Un groupe paramilitaire peu redoutable, où le vert kaki est à l'honneur. Kim porte des leggings au motif de camouflage. Lili est habillée de violet, avec un imper kaki. Juliette a des joggings et un kangourou dans les mêmes teintes, et moi, j'ai opté pour une combinaison – assez inconfortable, mais jolie – d'un vert un peu plus tendre, couleur mont Royal au printemps. Déformation professionnelle, je nous imagine déjà en photos et en vidéo. Ce sera harmonieux.

La veille, j'ai mal dormi. Je remettais en question mon plan, me souciais de la réaction de mes amies. Une part de moi regrettait de leur imposer quelque chose d'aussi intense, de ne pas les faire rêver avant. Ou les aviser. Sur le chemin, je me rassure. Convaincue que je leur ai épargné des heures d'anxiété et d'hésitations. Ce sera un choc total, comme un plongeon dans l'eau glacée, le premier matin de janvier.

— OK, les filles, à partir de maintenant vous fermez les yeux, et vous ne trichez pas.

Nous venons de croiser le premier panneau indicateur du centre. Mon cœur s'emballe. Laquelle sera séduite ? Laquelle sera en colère ou se désistera ? Je n'en ai pas la moindre idée. Je sais par contre que je peux être surprise. Les plus fonceuses peuvent se révéler les plus hésitantes dans les défis qu'elles n'ont pas choisis. Les plus réservées, souvent, sont les plus téméraires. Elles ne l'affichent pas. Elles gardent pour elles cette force, cette volonté.

— Ça fait longtemps que je n'ai pas vécu ça, fredonne Lili sur un air qui n'existe pas.

— Je me sens mal, les filles. Ça me ramène à la fois où je suis arrivée devant chez moi, et tout était à vendre.

— Kim, ça fait longtemps. Apprécie tout ce que t'as réussi depuis. Concentre-toi sur le présent... la réconforte gentiment notre Juliette, pour qui nous nous tourmentions il y a quelques semaines.

— Toi, tu prends des calmants, c'est sûr, réplique Kim.

— Non, je médite. Ça change bien des choses.

— C'est étrange, cette conversation les yeux fermés. Un peu surréel, observe Lili.

Nous arrivons devant un grand bâtiment, deux petits avions et un immense champ. Plus beau que je l'avais imaginé.

— Les filles, on y est. Ouvrez les yeux !
— On est dans un champ, note Kim.
— Oh ! Une école de parachutisme ! C'est vrai ? J'en rêve depuis longtemps ! Merci ! Merci !

Lili sautille avant de me prendre dans ses bras.

— Pas une école, un centre, Lili, la corrige Kim.
— Génial ! applaudit Juliette.

Je ressens une bouffée de joie. Rapidement éteinte par Kim, au plus mal. Elle déteste les surprises. Et les avions, et les hauteurs.

— Sérieux, c'est trop pour moi. S'il nous arrivait quelque chose ? Et si je panique et que je n'arrive pas à ouvrir le parachute ? Dans mes rêves, tu sais ce qui revient le plus régulièrement ? Une chute dans le vide ! Une interminable chute. Et mes seins qui me font mal.
— Tes seins ? Tu rêves à tes seins ? s'étouffe Lili.
— J'ai peur qu'ils éclatent avec la pression. Tout ce que je tente de faire quand je tombe dans mon rêve, c'est de bien les tenir pour qu'ils restent en place.

Juliette la dévisage, incrédule. Je crains un instant qu'elle nous ressorte son désormais classique « Et avec votre psy, ça va, les filles ? » Elle s'abstient. Cette activité vise à nous ramener, toutes ensemble, sur une meilleure voie. Celle du plaisir, des rires, du soutien, des amitiés généreuses. On évite les éclats. Les « T'es malade ?! » devraient être bannis à vie. Nous allons miser sur ce que nous sommes : un groupe solide, aimant, prêt à se défendre et à se protéger. À se surprendre aussi.

— C'est juste un rêve, Kim.

— La chute est interminable. Je tombe très longtemps, et je me réveille dans mon lit en sueur. Ça ne me donne pas envie de sauter en parachute...

— On y va en tandem. Un instructeur est avec toi, tout près, qui déclenche le parachute. Zéro danger.

— Je ne mettrai pas ma vie dans les mains d'un étranger !

— Tu n'as pas à le faire, Kim, alors. Tu nous regarderas et tu prendras des photos !

— Oui, tu seras aux premières loges pour nous voir tomber sur le sol, filme-nous !

Il n'y a aucune obligation, sauf quatre hommes qui se dirigent vers nous pour nous accueillir, comme si nous venions de remporter l'or aux Olympiques. Peu importe la discipline. Ils savent y faire. Au premier contact, chaleureux, décontractés, ils donnent confiance. L'envie de sauter avec eux.

Lorsque nous montons finalement à bord de l'avion, mon cœur s'emballe. Lili s'accroche à moi, heureuse et fébrile. Juliette porte son attirail, bien droite. Le retour de la guerrière.

Tout est sécuritaire. L'instructeur s'occupe de chacune des étapes. Il suffit de plonger avec lui et d'attendre une minute avant qu'il ne déclenche le parachute. Comme on filmera notre aventure, Lili sort de sa poche un rouge à lèvres, qu'elle applique bien minutieusement. Il n'y a qu'elle pour penser à ça. On remarque surtout ses lunettes, qui occupent presque tout son visage.

Juliette saute la première, en criant un «Wow!» qui donne l'impression qu'elle va mieux. Beaucoup mieux. Il apaise mes inquiétudes. L'instructeur aide Lili à lâcher prise. Elle hurle un «Je vous aime!» à nous, à l'univers, à un public invisible. Je m'accroche aussi à l'appareil. Et je songe aux mots que Kim m'a lancés avant que je monte dans le petit avion. Nous l'avons enlacée avant de la quitter. J'ai fait un signe de la main et levé mon pouce, tout allait bien. Elle a choisi ce moment pour lâcher, dans un élan d'angoisse ou pour me rappeler mon insouciance: «T'inquiète pas, je m'occuperai des enfants.»

Je lui revaudrai ça.

Cette vidéo ne doit pas exister!

Il y a de ces photos, de ces vidéos qu'on voudrait voir disparaître. Être bien certaine qu'elles sont effacées à jamais. Ce qu'on a tourné, follement amoureuse, avec un amant qui est parti avec l'histoire et des moments trop intimes. Des bouts de notre corps, des instants passionnés qui devraient rester dans la chambre, dans le salon, ou sur la table de la cuisine. Ne pas en sortir. Je ne parle pas des banales photos de seins ou de cul, mais de ce qui a été pris en plein cœur de l'action – et on se demande pourquoi après. Dans mon entourage proche ou lointain, je ne connais aucun couple qui lance au souper: «Pourquoi on ne regarderait pas nos vidéos de cul ce soir?» C'est la gêne, ces images où l'on a oublié notre meilleur profil, où le ventre fait des vagues et des remous. On est pourtant certaine d'avoir contracté ses abdominaux durant la séance. Sans compter les grimaces, les sons… Oui, il y a de ces vidéos qu'on voudrait voir disparaître.

◆

Je viens de recevoir le lien du centre de parachutisme. Sur les dépliants, faits rapidement, nous sommes belles. Chacune des photos témoigne de notre plaisir. Donne envie de sauter, sur-le-champ. J'invite les filles à la grande première de la vidéo promotionnelle. Promis, je ne tricherai pas, nous la visionnerons en même temps.

Depuis ce saut, je suis portée par la fierté, une forme d'assurance. La timorée qui joue les braves a osé. En plongeant dans le vide, j'ai d'abord eu une pensée pour ma fille et mon fils, que m'avait si judicieusement rappelés Kim. Ensuite, j'ai vite oublié les chaussures de seconde main, happée par le paysage et les champs tout en bas. Par le vent que j'aime et, finalement, par ce sentiment d'abandon. Il n'y avait plus rien à faire, sinon me laisser tomber en chute libre, rapide, excitante, effarante. Puis me laisser flotter dans l'espace au moment où l'instructeur a ouvert le parachute.

Le retour sur terre, que j'appréhendais, a été beaucoup plus doux que je ne l'avais anticipé. Juliette et Lili jubilaient et m'applaudissaient. Plus loin, Kim prenait des photos. Autour de moi, l'équipe continuait de filmer. J'ai enlacé l'instructeur qui m'avait accompagnée. Il faisait un beau métier, celui-là. Toujours présent pendant ces frissons victorieux pour ses clients en quête d'émotions fortes, d'un défi à relever, ou affligés d'une blessure à soigner. Sauter, c'était une thérapie. Je l'ai compris en versant deux petites larmes de soulagement et de fierté lorsque Juliette, les deux mains sur mes épaules, m'a remerciée solennellement.

— Tu ne t'imagines pas tout le bien que tu m'as fait.

À son tour, Lili m'a serrée dans ses bras.

— T'étais super belle à voir aller dans les airs. C'était génial! lance-t-elle en m'embrassant.

Kim s'est approchée.

— Bravo, les filles! J'ai plein de photos. Y en a pour un documentaire! Vous vous voyez? Vous ne marchez pas, vous flottez encore!

— Je me sens libre! Quand je vais raconter ça à mes parents... a commencé Lili.

— J'ai déjà hâte au prochain saut! a juré Juliette, enthousiaste.

Surprises et émues à la fois, nous retrouvions notre amie. Sans que nous connaissions le fond de l'histoire ni le déclencheur de sa tristesse, sûrement plus grand que ses migraines, elle nous rassurait. Elle ne jouait pas la comédie.

— Les filles, tout va bien. Tantôt, dans les airs, je me suis sentie vivante. Je ne sais pas combien de temps ça va durer. C'est comme si j'avais eu un électrochoc. J'ai l'impression qu'il vient de se passer quelque chose dans mon cerveau.

J'avais lu sur les bienfaits du saut en parachute. Nombreux et efficaces. Ils peuvent même contribuer à tourner la page sur une période difficile. Provoquer une incroyable explosion d'hormones. L'adrénaline libère, chasse le stress. Ce plongeon nous ramène à l'essentiel.

Sur le chemin du retour, nous avons célébré notre victoire collective. Puis Kim, sans doute agacée de ne pas pouvoir la partager, est revenue sur sa prestation au café. Oubliant son orgueil, elle nous a confié ne pas se remettre de ce réflexe qui l'avait poussée à se réfugier sous la table.

— Un fiasco sur toute la ligne. J'ai répété cent fois, mille fois ce moment où j'allais le croiser. Je ne commande plus en ligne pour ne pas qu'il frappe à ma porte un jour, avec une petite boîte en carton. Je me suis imaginée dans tous les scénarios, mais cachée sous une table comme une enfant de trois ans ?! Quelle réaction débile !

J'ai voulu la rassurer. J'avais deux ou trois histoires en réserve, dans tous les registres, pour redonner confiance à quelqu'un. Je suis la championne des moments incongrus, des malaises sympathiques ou profonds. Des origamis du désarroi, des petits déshonneurs ou des plus grands. La première fois que j'ai croisé un de mes ex avec sa nouvelle amoureuse, je suis passée à côté en faisant semblant de parler au cellulaire. J'ai joué celle qui est formidablement occupée par une conversation animée, qui n'existait pas. Une autre fois, au restaurant, en voyant débarquer un ex-amoureux et sa nouvelle conquête, je me suis littéralement sauvée par la porte de derrière. Le choc d'être aussi facilement remplacée. Je suis une spécialiste de la fuite. Je ne suis pas équipée pour affronter ou pour garder la tête haute. C'est une faiblesse, cette impossibilité de masquer mes sentiments.

— Tu sais ce qu'il y a dans le mot « ex » ? m'a demandé Kim.

— Oui, je sais. Il y a « ex », justement.

— Si tu n'es plus avec, c'est parce que tu as mis fin à la relation. Qu'est-ce que ça peut te faire qu'il soit avec une autre ?

— Je sais pas. Ce n'est pas de la jalousie. Sans doute que je ne veux pas qu'il raconte nos secrets. Ce que je lui ai confié. Ce qu'on a vécu ensemble. Je ne veux pas que la nouvelle sache comment on faisait l'amour. Ce que je fais dans un lit.

— C'est si terrible que ça ?

— Je suis curieuse. Qu'est-ce que tu fais de si exceptionnel au lit ?

La question me surprend. Ma vie sexuelle – pour le moment inexistante – est souvent évitée. Un sujet tabou. Pour ne pas me blesser peut-être. Ou parce que, manifestement, elle indispose mes amies.

— Rien de spécial, les filles. Surtout pas en ce moment. On passe à un autre appel, je déteste qu'on parle de moi, j'ai répliqué.

— Tu nous apprends quelque chose, a ironisé Lili.

— On n'avait pas remarqué, a renchéri Juliette. Tu sais, t'es géniale. Je suis certaine que tous les hommes qui sont passés dans ta vie doivent te regretter.

Je ne le croyais pas. Je ne l'espérais pas non plus. Je souhaitais par contre avoir laissé quelques souvenirs tendres. Du respect pour ce que nous avions été. Oui, du respect, ce qui n'avait pas toujours été le cas. Ce jour-là, après le saut, j'aurais croisé un ancien amoureux en particulier et je ne me serais pas enfuie. Je l'aurais fixé bien droit dans les yeux, puis je me serais tournée vers la femme qui l'accompagnait. Je l'aurais prévenue de ne jamais accepter de filmer ses ébats avec lui. « Il partage les vidéos », aurais-je ajouté. Et je serais repartie, en flottant, comme je l'avais fait plus tôt sur le sol retrouvé.

◆

Les jours suivants, comme en témoignent nos textos, nous étions portées par l'aventure. Il n'y a que mes enfants qui n'ont pas apprécié mon audace. Les deux ont eu une réaction commune et sans nuances. Ils ont repris, sur un ton indigné, la dernière phrase que Kim m'avait lancée avant de me laisser monter à bord de l'appareil.

— T'as pensé à nous ?!

— Maman, si ton parachute était resté fermé ?!

— J'étais en tandem. Un instructeur professionnel m'accompagnait. Il s'occupait de tout. J'ai seulement profité du saut, du paysage.

— Ne refais plus ça! m'a ordonné ma fille, autoritaire.

— J'ai plus envie de te parler. C'est con, ce que t'as fait, a terminé mon fils, avant de retourner dans le Galactée glacée de sa chambre.

J'ai éprouvé un sentiment de culpabilité. Tout était sécuritaire, bien sûr. Je m'étais informée. Pourtant, j'avais une petite boule dans la poitrine. Avais-je été inconsciente ? Égoïste dans mon désir de me surprendre, de me dépasser ? Y aurait-il eu une méthode plus douce, moins anxiogène pour l'entourage ? Mes enfants m'aimaient, tenaient à moi, avaient besoin de moi. L'inverse était aussi vrai. Et ce serment non dit de toujours être ensemble, de nous protéger, je l'avais sans doute un peu brisé. Il n'y avait pas à tenter de les convaincre. J'assumais maladroitement ces sentiments contradictoires, valsant entre la fierté du saut et la déception d'avoir failli à notre promesse.

Le soir, après que ma solidaire et mon révolutionnaire se sont couchés, je suis passée tour à tour dans leur chambre. Assise sur le lit, en leur tenant la main, je leur ai fait le serment que ce serait mon seul et unique saut à vie.

◆

Tout est prêt sur la table basse, devant le téléviseur, pour que nous puissions grignoter tout en évaluant nos prestations. J'accueille les filles qui, pour me remercier, arrivent avec une grande boîte. Ça me touche, parce que parmi les irritants du célibat, il y a une petite chose, bien matérielle, qui me manque : les présents. Les bouquets de fleurs à l'improviste. Je me gâte parfois. L'incontournable « De moi à moi ». On fait comme si c'était parfait, tout aussi réjouissant. Mais j'aime les surprises. En solo, j'arrive difficilement à m'étonner... Alors cette grosse boîte, joliment emballée et décorée d'un ruban perle, me chavire un peu. En l'ouvrant, je mesure l'effet, l'attention des Gonzelles. Il y a une couverture et un panier à pique-nique en osier avec à l'intérieur les assiettes, les ustensiles, les verres, les serviettes de table, sagement rangés dans leur compartiment, ou retenus par de fines bandelettes de cuir. Très campagne anglaise.

— C'est superbe ! Merci, les filles !

Je les embrasse et je me retiens de dire que ce n'était pas nécessaire. Ce cadeau me comble. J'en ferai profiter ceux que j'aime. À nous, les déjeuners sur l'herbe, la découverte de coins secrets dans les parcs, un saule pleureur près d'une rivière qu'on s'appropriera en silence. L'été s'annonce beau.

Nous ouvrons une bouteille de rosé, bien sec. Sur une planche de service en bois, j'ai préparé un autre plateau apéritif. Noix, fromages, prosciutto, olives et des grissini faits maison, dont je maîtrise la recette.

— Vous êtes prêtes ?

Dès le début, nous sommes rassurées. Ce n'est pas amateur. Les deux caméramans dont nous avions oublié la présence sous le coup de l'excitation sont doués. On nous avait conseillé d'agir comme s'ils n'étaient pas là. Des recommandations que nous avons observées sans effort. À l'écran, nous nous voyons nous préparer, enfiler le parachute, monter dans l'aéronef et sauter. Juliette, les bras grands ouverts dans les airs. C'est là qu'elle a eu son électrochoc. Lili qui s'agrippe, l'instructeur qui lui donne une toute petite tape sur l'épaule. Et moi qui n'arrête pas de gesticuler. Les couleurs, les prises de vue sont magnifiques.

Nous assistons ensuite à notre arrivée sur la terre ferme. Lili qui saute de joie. Juliette qui s'écrase par terre, qui embrasse le sol et qui se jette au cou de l'instructeur. Son plaisir perce l'écran. J'arrive la dernière. L'atterrissage se déroule tout en douceur. J'étreins l'instructeur. J'enlève mon parachute, tout l'attirail. Je me dis que la vidéo est parfaite, jusqu'au moment où je me vois lever les bras au ciel, à la manière de Rocky. Je remarque deux taches foncées sous mes aisselles. Bien visibles. Ou peut-être pas. Seigneur, faites qu'on passe vite à une autre séquence. Ma prière est exaucée par un gros plan sur Lili et ses pommettes roses qui fait les louanges du saut.

— T'es tellement intense, Lili, se moque Kim.

— J'ai pas l'air hystérique ? s'inquiète-t-elle.

— Non, juste intense. Ça donne envie de sauter. Très efficace, remarque Juliette, comme s'il s'agissait d'une de ses productions.

L'image revient vers moi. Sans la clémence du gros plan. En plan suffisamment large pour qu'on puisse distinguer les cercles foncés. Un duo gênant qui ne s'estompe pas. Le détail – qui n'en est plus un – n'échappe pas aux filles.

— Qu'est-ce que t'as là ? s'exclame Kim en se dirigeant vers le téléviseur et en pointant le doigt directement aux mauvais endroits.

J'attrape le coussin brodé posé sur mes genoux et j'y enfonce ma tête, en étouffant des « Non ! » désespérés. À la manière de Kim et Lili lorsque Juliette nous racontait sa grande déclaration d'amour à un psy qu'elle ne reverrait plus.

Kim ordonne qu'on appuie sur pause. Elles stoppent le mouvement pour mesurer l'étendue des dégâts. Tandis que je reste dans le noir total du coussin, elles se mettent à crier toutes les trois.

— Arrêtez, je veux mourir!!
— Ça paraît à peine.
— C'est pour ça que vous hurlez? Avance la vidéo, crisse!

Ce «crisse», je ne l'emploie qu'en cas d'urgence, comme cette fois où nous avons évité la noyade toutes ensemble, lors d'un tournage près du rocher Percé, ignorant que la marée existe même en hiver. En ce moment, il ne semble pas surprendre les filles. Lili se penche vers moi, embarrassée.

— Ça ne paraît pas, c'est parce qu'on te connaît, dit-elle en tentant gauchement de m'apaiser.

— T'as eu si peur que ça? insiste Kim.

— Merde, c'est l'adrénaline. Tu veux que je te le répète combien de fois? Dire que j'avais pris soin de me maquiller, de choisir mes vêtements pour être belle! Et ça se termine avec deux taches grosses comme des melons sur ma combinaison!

— Je préfère citrons... Mais j'avoue que ce n'est pas terrible, reconnaît Kim.

— Putain de karma. Dès que j'aperçois quelqu'un à la télévision qui affiche des marques de transpiration sous les bras, je crie. Je suis gênée à sa place et je me moque... Je paye pour, ce soir.

— Oublie le karma, tu t'aspergeras les aisselles de sauge blanche une autre fois. Maintenant, faut agir ! intervient Juliette, qui retrouve son sens de l'organisation.

Je paye pour cet instant de désir. Cette sensation, sans avoir même sauté, d'être très excitée. Un homme, si près de moi, qui me sangle, qui me tient solidement. Trois ans qu'on ne m'avait pas approchée de cette manière. Trois ans que je n'avais pas fermé les yeux, en sentant des bras qui m'entourent. Et un corps, les formes d'un sexe, juste là, derrière moi. Faciles à deviner tellement l'homme est proche. Une énergie brute. J'ai sué ma peur, sans doute. Et l'envie aussi.

— Tu les appelles et tu exiges que ce soit remonté. Tu ne veux pas que cette version soit diffusée. Il s'agit de ta dignité, s'étrangle Lili. De ton intégrité. Imagine si tes enfants voient ça !

— Merci, Lili, tu me réconfortes...

— On va les sommer d'enlever ce segment au montage, dit Juliette.

— Tu crois qu'ils vont vouloir ? Ça coûte de l'argent, remonter une vidéo comme ça, calcule Kim.

— J'ai dit « sommer », pas « demander ». Ne t'en fais pas. Ils n'ont pas à vouloir.

— Merci, Juliette. C'est dégueulasse. Inconcevable que ça reste.

— On se calme, ce n'est pas la fin du monde, me rassure-t-elle.

Elle me propose de contacter le centre de parachutisme pour moi. Elle est douée dans ce genre de truc, elle sait se défendre. Ce n'est qu'un simple plan, rien de majeur. Ça se modifie en quelques minutes. Mon honneur, ma dignité seront épargnés. Saufs.

— Et là, on n'en reparle plus, promis ?

Elles le jurent. Nous nous tapons dans la main. Solidaires. Lili y va de son « croix de bois, croix de fer » extrême. La suite de la vidéo est belle, rythmée, inspirante. On se répète que nous sommes choyées d'avoir un tel souvenir. Avant qu'elles partent, nous prenons un *selfie* dans mon salon. Il n'y a pas de lumière étrange ni de message de mon père. Seulement un serment brisé.

— Juste les visages, pas de plans larges ! lance Juliette.

— Mémé, vos aisselles sont au sec ? renchérit Kim.

Oui, elles le sont. Et je prends conscience que les grands engagements, ça ne concerne que les choses franchement sérieuses. Pas les poussées d'adrénaline trop humides. J'implore secrètement mon père d'intervenir. De leur donner une petite frousse, pour me venger un peu. « Éteins la lumière, fais tomber un cadre. Elles le méritent. » L'appartement reste calme. Pas un bruit, pas un souffle inexpliqué qui nous enveloppe. Même pas une auréole autour de ma tête sur la traditionnelle photo. Mon père, lui, sait tenir ses promesses.

Alex est de retour !

Notre amoureuse sans frontières est revenue au pays. Elle en a manqué de longs bouts. Il faudra la mettre au parfum des derniers mois, de nos hauts, de nos bas. Elle aussi en aura beaucoup à nous raconter. Je serai heureuse de la retrouver, ma guerrière préférée.

Quelques semaines que nous n'avons pas eu de souper. Kim s'investit dans ses nouveaux défis professionnels. Juliette m'envoie maintenant des comptes rendus hebdomadaires de son état de santé. De brefs messages du style : « Bonjour docteure, le moral va bien. Je mange tous mes repas. Et je lave ma vaisselle. » Ils sont accompagnés de photos de sa cuisine, de sa salle de bain, ou de sa nouvelle couleur de cheveux. «Le lilas, ça te plaît?»

Étrangement, Lili se fait plus silencieuse. Ça me chiffonne. Elle est comme ma petite sœur. Elle m'impatiente, me décourage parfois, mais je l'aime malgré ses phrases maladroites, ses émotions à fleur de peau. Elle veut peut-être nous montrer son indépendance? Se détacher de nous, comme de ses parents à la suite des recommandations de son psychologue?

Avec sa vitalité et son énergie habituelles, Alex nous a textées. Je lui envie cette fougue qui transpire jusque dans ses écrits. Elle a hâte de nous voir. Elle s'est ennuyée. Nous devons souper très vite au resto.

Nous optons pour la terrasse intérieure d'un populaire restaurant mexicain où il faut absolument réserver assez tôt. Avec un peu de chance, nous obtiendrons une table dans deux ou trois semaines. Juliette a récemment fait un tournage au restaurant. Elle a rencontré le propriétaire et va s'occuper de la réservation. Nous fêterons officiellement nos retrouvailles toutes ensemble. La perspective m'enchante.

J'ouvre la porte de mon placard et je choisis la robe que je porterai (c'est dire combien ma vie est excitante en ce moment). Lorsque je n'ai pas les enfants – et comme j'ai repeint toutes les pièces de l'appartement –, je m'ennuie. Alors, je fais du vélo, je marche, je lis. Le temps passe. Rien de nouveau à l'horizon.

◆

Il y a de ces soupers où, sans nous consulter, nous faisons toutes un effort pour être jolies. En ce soir d'été, c'est le cas. Je nous examine et je nous trouve belles. Nous attendons Alex, qui débarque, droite, élégante. Elle porte un jeans et une camisole de soie noire. Sa longue chevelure foncée est relevée en un chignon décontracté. Notre amie court vers nous, nous enlace et nous offre les effluves d'un parfum que je ne lui connais pas. Nous lui répétons qu'elle nous a manqué. Ç'a été trop long, tout ce temps sans se voir. Déjà, je sens que la soirée sera douce.

J'estime qu'on a besoin d'à peine dix ou vingt secondes pour se faire une opinion de la personne en face de nous lors d'une première rencontre. Cette théorie s'applique aussi à nos soupers : dès les premiers échanges, je devine quelle sera l'ambiance de la soirée. En général, je vise juste. À moins que l'une des filles ne manque de s'étouffer en faisant une réaction allergique, ou que deux d'entre elles décident sans réfléchir de se faire engrosser dans la cuisine d'un restaurant par le chef ou son cuistot. En ce moment, j'ai un délicieux pressentiment. Pas de remarques blessantes, pas de peine. Seulement de bons échanges. Des rires entre amies.

— Alors, raconte-nous!

— Oui, on veut tout savoir. C'était comment, l'Argentine?

— Avec ton homme surtout.

— Les filles, appelez-le Manuel. Il a un prénom, précise Alex.

— Et ton retour avec ton pompier? Il n'est toujours pas jaloux?

— Tu déménages quand?

Soufflée par nos questions, Alex nous propose de les écrire sur nos napperons en papier, de les mettre dans le panier au centre de la table. Elle pigera. Comme j'aime les jeux, j'approuve la suggestion. Kim s'y oppose, en avançant que nous sommes capables d'avoir une conversation sensée, entre adultes, sans devoir s'inventer un jeu.

— On passe au vote! déclare Lili.

Kim soupire, en nous traitant d'adolescentes immatures. Alex clame son bonheur de voir que nous sommes toujours les mêmes, que nous ne changeons pas. Comme si elle était partie depuis des années. Juliette lève la main. Elle appuie l'idée des questions sur des bouts de papier. Le vote est remporté à trois contre une, ce qui permet à Kim de nous demander, une fois encore, quel âge nous avons.

— On a droit à combien de questions chacune ? s'enquiert Lili, qui prend le jeu trop au sérieux.

— Trois, maximum. Après, j'appelle mon avocat, plaide Alex, qui se réjouit déjà des questions à venir.

Des réponses qui suivront.

Sa vie est fertile en ce moment. Une période de grande récolte de tout ce qu'elle a semé sur son parcours. Avant qu'elle poursuive avec les plus récents chapitres de son autobiographie, nous commandons à boire. Pas de vin, cette fois. L'ambiance et les retrouvailles avec notre amie voyageuse nous font opter pour des cocktails. Avec deux pailles. L'une pour apprécier la potion que nous avons choisie, l'autre pour une dégustation des mixtures des unes et des autres. En général, sans que j'aie besoin de lancer le concept, nous organisons le concours du meilleur cocktail.

Si Kim calcule moins qu'avant, devant la carte des boissons elle s'indigne toujours et prend l'une des moins coûteuses. Lili émet un commentaire, en soulignant qu'on pourrait donner tout cet argent à une cause. Et Juliette fait une étrange allusion à des électroménagers.

— Ce *drink* vaut la moitié d'une porte de frigo, ou un rond de poêle, lâche-t-elle, en exagérant.

En matière de goûts, Lili a un penchant pour les concoctions les plus sucrées, les plus fruitées, avec des framboises, du litchi, du rhum. J'y vais pour les mélanges plus simples, avec du thym, de l'aneth, du gin. Kim et Alex optent pour la lime, les concombres et la tequila. Des solides, les filles. Et Juliette, elle, choisit selon les couleurs. Elle a besoin de voir une photo et se fiche des ingrédients. « J'aime tout ! » se justifie-t-elle.

◆

Exceptionnellement, une fois nos cocktails servis, nous sautons l'étape de la dégustation commune, de l'Oscar du meilleur *drink*. Nous attendons avec une impatience affichée les confidences d'Alex. Elle fait une première pige, déplie le petit bout de napperon en papier qu'une d'entre nous a pris soin de solidement replier, comme s'il s'agissait d'un message secret.

— On ne joue pas à Boulette ! Qui a fait ça ? réprimande Alex avant de lire à haute voix : « Es-tu toujours aussi amoureuse de ton Argentin ? »

Elle prend une longue inspiration, étire le suspense en toussotant deux fois, et nous annonce, à notre grande consternation, que tout est fini entre eux.

— Quoi ?!

— Tu avais l'air tellement amoureuse !

— Ton pompier est jaloux et il a menacé de te quitter, c'est ça ?

Nous avons tout faux. Ce serait bien si on la laissait raconter, nous fait-elle remarquer. Les trois premières semaines en Argentine ont été parfaites. Les heureuses retrouvailles se passaient dans une splendide villa louée par l'équipe de production. Ils étaient six à se la partager. Tous avaient accueilli l'amant avec gentillesse, comme s'il était des leurs. On leur avait cédé, à Alex et lui, la plus grande chambre, avec vue sur les montagnes et immense balcon privé. Lorsqu'elle ne tournait pas, Alex et lui étiraient les matins, faisaient l'amour, se racontaient leurs vies.

— J'étais totalement amoureuse.

— Et Laurent dans tout ça ?

— Ce n'est pas sur le bout de papier, cette question.

Après trois semaines, l'amant s'est souvenu qu'il avait femme et enfants. Il est retourné quelques jours auprès de sa famille en lui jurant qu'il reviendrait très vite. Il lui a fait promettre d'être sage dans cette demeure avec quatre hommes. Elle avait souri et considéré ces derniers mots comme une maladroite preuve d'attachement.

— Je le comprends un peu. Je ne serais pas rassurée de savoir que l'homme que j'aime est seul avec quatre filles, déclare Lili.

— C'est vrai qu'il y a des risques, ajoute Juliette.

— Non ! Pas quand on s'aime ! Les autres ne m'intéressaient pas. J'ai voulu croire que, si l'inverse était arrivé, que si lui s'était retrouvé seul avec des femmes, j'aurais sans doute eu envie de lui téléphoner plus souvent. Je me suis pliée à ses caprices trop longtemps. Rapidement après son départ, la relation a commencé à s'effriter. Alex en parlait avec déception. Mais avec la fierté de celle qui n'a pas sombré, qui a refusé de se laisser entraîner dans cette spirale sournoise de la manipulation, de la jalousie malsaine. L'amant argentin l'appelait. Gentiment au début, pour prendre de ses nouvelles. Lui répéter qu'il venait de vivre les trois plus belles semaines de son existence. Elle l'apaisait, lui jurait qu'il lui manquait. C'était vrai.

Puis le téléphone ne suffisait plus. Il voulait la voir. Il s'ennuyait de son visage, de ses lèvres, de ses caresses. Les appels vidéo revenaient deux ou trois fois par soir. Et si elle n'était pas dans sa chambre au moment où il avait tenté de la joindre, il l'interrogeait. Où était-elle ? Avec qui ? L'amant fabuleux, généreux, ouvert était devenu un enquêteur à deux sous, qui manquait totalement de subtilité.

Lorsque son portable sonnait, elle se précipitait dans sa chambre ou sur la terrasse, pour ne pas le contrarier. Avec le temps, elle avait de moins en moins envie de lui répondre. Elle devinait les questions qui suivraient et les complications. Inévitables. Elle hésitait à s'amuser, à aller au resto, dans les bars avec l'équipe. Un soir qu'elle l'avait fait, Manuel l'avait appelée ; il voulait parler aux garçons, pour les prévenir de ne pas l'approcher.

— C'est de la maladie mentale! T'as fait quoi? s'offusque Kim.

— J'ai raccroché. Il m'a textée et appelée trente-sept fois dans la soirée! J'ai compté.

— Du harcèlement, constate Lili.

— En l'espace de quelques jours, j'ai découvert qu'il était manipulateur et possessif. Mais ça ne s'efface pas tout d'un coup, les sentiments, ce qu'on croit être de l'amour. Les filles, je n'ai rien inventé. Je m'étais sentie tellement proche de lui, en confiance.

— Il est dérangé, si tu veux mon avis, ajoute Kim.

À distance, Alex a fini par le confronter. C'était terminé. Le lendemain, l'amant ébranlé a plaqué la famille pour se taper trois cents kilomètres de route, de montagnes et de désert et débarquer chez Alex et les autres. Sans savoir qu'il avait entre les mains ce qui mettrait définitivement un terme à la relation : un immense bouquet de fleurs. Pour se faire pardonner.

— C'était comme une scène de mauvais film. T'espères que la fille va se réveiller, voir à quel point elle est piégée. Le bouquet de fleurs était démesurément gros, et derrière, l'homme qui le tenait m'est apparu tout petit. Le charme était rompu. J'avais un étranger devant moi.

Elle a répété que c'était fini. Elle ne traversait pas l'Amérique pour se faire surveiller, ni pour subir des scènes de jalousie. Il lui a répondu qu'elle ne savait pas ce qu'est l'amour. Il voulait la protéger de tous ces hommes avec qui elle partageait la villa. Ils la désiraient sûrement. Il ne pouvait pas s'empêcher de rêver à elle, à eux. Ces autres hommes qui arrivaient, justement, en plein drame, pour le lunch. Elle pleurait de déception, de la chute vertigineuse de leur histoire. Lui, de peine ; il l'adorait, jurait-il. Ce jour-là, sur la terrasse où ils s'étaient aimés, il n'y a pas eu de réconciliation. Pas de retrouvailles brûlantes où on efface tout. L'amant est reparti avec ses fleurs et son orgueil blessé. Il ne semblait plus tellement amoureux. Mais ce genre d'histoire ne s'arrête pas là. Ou si rarement.

Il a tenté de la rappeler. Une fois, deux fois, dix fois. Après une dernière conversation, elle a bloqué son numéro. Notre amie, si fière et forte, évitait de sortir sans être accompagnée. Les producteurs ont été alertés, l'ont protégée. Le soir, elle téléphonait dans un autre hémisphère pour parler à Laurent. Lui raconter, pour qu'il la rassure et la console. C'était son amant, son ami. Celui avec qui elle allait vivre. La perspective l'avait inquiétée, désormais elle en rêvait. À neuf mille kilomètres de distance, elle reconnaissait que le polyamour, c'était exaltant. Et qu'une seule histoire à développer, sur laquelle on peut miser totalement sans avoir d'échappatoire au cas où ça ne fonctionnerait pas, c'était tout aussi excitant. Elle a décidé de plonger. La cohabitation ouverte, libre qu'ils avaient envisagée, son pompier et elle, se transformerait en un projet de vie. Quelque chose à bâtir.

— Avec deux ou trois amants, je pouvais toujours compter sur l'un ou l'autre en cas de peine. C'était mon parachute de sauvetage...
— Ton parachute! Tu sais qu'on en a fait? C'était génial!

Devant nos protestations, Lili s'arrête net. Sans se vexer. Elle réalise qu'on préfère entendre Alex plutôt que l'étalage de nos vaillants exploits.

— Et avec Laurent?
— Ça va super bien. On vient d'acheter les meubles de la salle à manger ensemble! C'est comme si toutes ces histoires, ces détours avaient effacé mes appréhensions.

— Et le Grand Nord, ton loup?
— On verra la prochaine fois que j'y serai. On se donne rarement des nouvelles, et je ne suis pas amoureuse de lui. Je me sens juste bien dans ses bras quand je suis là-bas.

— Alex, tu ne peux pas continuer comme ça. Tu dois t'impliquer dans ta nouvelle vie.

— La différence entre toi et moi, elle est là. Je ne crois pas à une nouvelle vie. Notre vie, elle se poursuit, elle se modifie. Je n'efface pas tout. À la limite, mon mauvais roman-savon m'a aidée. À partir de maintenant, aux premiers signes, je ne me laisserai plus manipuler.

— Moi qui m'attendais à une grande histoire d'amour internationale, soupire faussement Lili.

— C'est pour le mieux. Il avait des enfants, une femme, ce n'était pas l'idéal... je sens le besoin d'exprimer.

— Sauf qu'il me jurait qu'il était en processus de séparation, précise Alex.

— Ils disent tous la même chose, ajoute Kim, qui a du vécu en matière de déceptions amoureuses.

— Ça ne manque pas de solidarité féminine, tout ça?

Je reviens à la charge, parce qu'au fond ce genre de situation me dérange.

— Quoi, « tout ça » ? Tu n'as jamais eu de relation avec un homme marié?

— Hors de question.

Je mens à peine. Ça m'est arrivé, plus jeune. Deux fois. Aujourd'hui, la réponse est simple. J'ai changé. Et je suis ainsi faite. Je ne manifeste pas, je ne vais pas crier haut et fort mon féminisme, mais j'ai des principes bien ancrés en matière de solidarité entre nous. L'un d'eux : ne pas coucher avec un homme qui est en couple. J'écarte l'idée d'être celle par qui la trahison arrivera. Parce que « tromper », ce n'est pas le terme adéquat pour moi. Aimer une personne et, en secret, éprouver des sentiments profonds envers une autre m'apparaît déloyal. Je suis sans doute d'une autre époque. « La chair est triste, hélas! et j'ai lu tous les livres », a écrit Mallarmé, à un autre siècle et de toute évidence désabusé pour ses jeunes vingt-trois ans.

À mes yeux, ce n'est pas tant la chair qui est triste, plutôt ces trahisons. Ces pulsions qu'égoïstement on ne sait pas retenir. On s'imagine que c'est forcément mieux, plus passionné, plus intense ailleurs. Ce n'est pas l'herbe du voisin devenue plus verte, mais les baisers, les textos furtivement effacés dès qu'on les a lus. On se fait croire que ce sera plus grand, plus fort. On tuera le quotidien qui nous ennuie. Avec lui, avec elle, ce sera différent. Ensemble, nous réinventerons notre vie. Jusqu'à ce que tu comprennes que l'attente peut durer des années. Pendant ce temps-là, une autre ignore ou souffre en silence. Maintenant que tout est terminé, bonjour le karma. À ton tour de payer.

— Je vais toujours refuser une relation avec un homme en couple. Je sais d'avance que je vais imaginer le visage de sa femme, et ça va couper tous mes élans.

— Tu m'as jugée, avec mon livreur ? m'interroge Kim.

Oubliant mes histoires lointaines, je lui réponds franchement. Oui, j'étais attristée pour sa conjointe, pour ses garçons qui allaient peut-être vivre la séparation de leurs parents. Au fond, pas une seule petite seconde je n'ai cru qu'il allait tout abandonner pour Kim. Même si elle est fantastique.

— Tu ne m'as rien dit ?!

— Ces choses-là, on n'a pas envie de les entendre lorsqu'on est amoureuse.

— Je pige une autre boulette ? s'impatiente Alex.

— Avant, je veux reprendre la mienne. Je peux fouiller dans le plat ? demande Lili en rougissant. Je reconnais mon petit bout de papier...

— C'était quoi, ta question ?

— Si je la retire, c'est pour qu'elle reste secrète...

— Les filles, on n'insiste pas, c'est seulement un jeu. Lili, le règlement le permet, acquiesce joyeusement notre voyageuse.

Finalement, son histoire d'amour est tout près. Pas besoin de changer de continent. Il faut juste ouvrir les yeux. Être réceptives à ce qui se passe autour de nous.

— Ça peut être votre voisin, les filles, conclut Alex. Tout est possible. Tiens, je lève mon verre à vos voisins !

Nos voisins ? L'idée mérite qu'on s'y attarde...

À vos voisins !

La suggestion d'Alex d'observer autour de nous m'ouvrait des horizons. L'homme de notre vie, l'amant, le confident, pouvait se trouver dans l'appartement au-dessus de notre tête, ou à deux immeubles de là. Ç'avait eu de l'impact, du moins pour Lili et moi.

J'avais aménagé le balcon de l'appartement pour l'été. Deux pots avec des plantes, un tapis coloré qui résistait à la pluie, une petite table et deux chaises que j'avais repeintes d'un turquoise foncé. Ce n'était pas le bord de mer, mais pour un balcon en pleine ville, le résultat était joyeux. Peut-être invitant pour un voisin. J'allais me mettre aux premières loges. Plutôt que de jouer celle qui est perdue dans ses rêveries ou de me plonger dans une revue chaque fois qu'on passerait devant moi, je regarderais à mon tour. Du moins, j'essaierais. Ma maladresse atteignait des sommets dans ce genre de contact. La timidité revenait si rapidement. Comment avais-je pu rencontrer les hommes d'avant ? J'avais oublié la manière de séduire, ou d'être séduite. Intérieurement, je ne m'en sentais pas le droit. Comme si je ne le méritais pas.

Avant de parvenir à m'installer seule sur le balcon des amours chimériques, il a fallu que je me raisonne. Comme lorsque j'étais enfant et que je devais passer dans une rue où il y avait un chien, que j'ai toujours craint. En m'évaluant dans le miroir de l'entrée, je me suis fait un discours psycho-pop à cinq sous. Je ne me donnais pas en spectacle. Je faisais comme des milliers d'autres personnes par une belle soirée d'été : j'allais m'asseoir sur mon balcon, lire et profiter du soleil orangé qui filtrait à travers les immeubles de la ville. Parce que, même en ville, les couchers de soleil sont d'une puissance, d'une poésie qui rallument l'espoir.

J'ai placé mes cheveux, tiré un peu sur ma robe pour allonger l'effet de son col en V et mettre en valeur mon soutien-gorge vert pomme, aux bretelles finement brodées, que j'exhibais à peine. J'ai souri en me voyant attifée comme si je sortais dans un bar. Il ne me restait que trois pas à faire et je me retrouverais sur mon balcon. Je déployais des efforts et une volonté qui auraient plu à Alex. Deux coups de parfum sur la nuque, juste pour moi, et je me suis présentée à mon premier rendez-vous. Seule, sur mon balcon. Mi-amusée, mi-gênée par la situation. Mon jeu manquait sans doute de subtilité. J'étais parfaitement inadéquate. Qui était nerveuse de s'asseoir sur son propre balcon ? (Surtout si brillamment aménagé.) J'ai dû me répéter que j'étais chez moi. Je venais profiter du coucher de soleil. Celui qui devait me donner des forces. Après deux minutes de l'exercice « yeux fermés/soleil/petit sourire de femme comblée et assumée », j'ai repris une position normale. La lumière était magnifique. Les immeubles tout autour baignaient dans l'orangé. Les enfants jouaient sur les trottoirs. Un couple enlacé, les pas en cadence, discutait doucement. Des cyclistes passaient à vive allure – je n'aurais aucune chance avec eux. Plus loin, une silhouette s'avançait lentement. La vieille voisine à qui mon fils offre, dès qu'il la croise, de porter ses sacs jusqu'à son appartement. Les révolutionnaires ont le cœur tendre.

Trois voisins sont passés devant moi. Rien de concluant. Pas un coup d'œil dans ma direction. Si la tendance se maintenait, je serais encore là, sur mon balcon, en plein hiver, à me geler tout en espérant un amoureux. J'ai fini par sentir le ridicule de toute cette mascarade. Mon soutien-gorge brodé, ma robe de bal (ou tout comme), mon balcon comme une photo Instagram. Et mes jambes que je voulais brillantes et que j'avais assurément trop huilées. Elles glissaient l'une sur l'autre lorsque je voulais les croiser. Le soleil a disparu. Je suis rentrée. Un rendez-vous manqué. Le bel inconnu n'est pas venu. Les voisins, ce serait pour une autre fois. J'avais l'impression de m'être exposée. D'avoir étalé ma solitude et surtout le fait qu'une semaine sur deux je suis toute seule dans cet appartement. Pour une craintive comme moi, c'était assez pour regretter ces quarante minutes à m'afficher sur mon balcon. Je ferais mieux à ma deuxième tentative. Je peaufinerais ma technique.

◆

Pour Lili, les choses se déroulaient autrement. Les rencontres avec son psy la libéraient réellement de l'image qu'elle entretenait. De cette petite fille sage, romantique, qui plongeait dans les histoires d'amour des autres, sans vivre les siennes. On lui connaissait des relations, d'un an, deux ans tout au plus. Jamais elle n'avait partagé un appartement. Elle avait une vision précise de ce qu'elle attendait d'un homme. Je ne pouvais pas le lui reprocher. C'est bien de savoir ce qu'on recherche, ce qu'on ne veut pas aussi. Mais, à force de fixation sur Marilyn, elle s'était inventé un personnage fictif, son amant idéal. Il aurait l'aisance de John F. Kennedy, la verve et l'esprit d'Arthur Miller et la tendresse de Joe DiMaggio, qui, de son vivant, avait déposé chaque semaine des roses sur la tombe de Marilyn. Elle nous avait répété l'histoire dans toutes ses versions.

◆

La plupart du temps, j'organise les soupers. Je lance les invitations. Dans ses bons moments, Juliette joue aussi ce rôle pour bien maîtriser son agenda, déterminer les quelques plages horaires possibles pour elle. Alex se manifeste après ses longs voyages, tandis que Kim et Lili se laissent porter par la vague. Cette fois-ci, Lili nous surprend. Elle nous convie à un pique-nique. J'apporterai le panier qu'elles m'ont offert. Elle se charge de tout le reste. En cas de mauvais temps, nous devons être disponibles le lendemain. Après une cinquantaine d'échanges de textos, nous convenons d'une date.

J'ai eu plusieurs occasions d'apprivoiser mon balcon. Je n'ai pas croisé le voisin promis par Alex. J'y prends maintenant mon café le matin. J'y lis le jour, j'arrose mes plantes. Épargné par les écureuils et autres petites bêtes, mon plant de tomates promet. Je ne me maquille plus, je ne joue plus les belles qui attendent de se faire courtiser. Je suis chez moi et j'en profite, sans le malaise de me donner en spectacle.

Sans imaginer que chaque passant porte un jugement sur moi, sur l'appartement ou sur ma façon de mal garer ma voiture. À la limite de l'indécence. Pour les enfants surtout, qui jugent ma conduite et cette habitude de me stationner à un mètre du trottoir. Je leur mens en soutenant que c'est pour laisser de l'espace aux poussettes et aux trottinettes qui dévient de leur trajectoire.

◆

Le ciel est lumineux. Le temps, sec. Pour une fois, la chape humide qui étouffe si souvent la ville est absente. En prime, une petite brise, dont on apprécie le souffle. Lili nous attend sur le trottoir, chargée comme un mulet. Elle n'est pas de celles qui voyagent léger. Elle en fait encore la preuve, avec une glacière d'un côté et un immense sac de toile couleur cerise de l'autre.

— Tu ne nous as pas prévenues qu'on partait en camping ! lance Juliette, dont les cheveux sont désormais gris et rose Popsicle, parfaitement de saison.

— Tout ça pour nous ? ajoute gaiement Alex.

— On va où ? On prend la voiture ?

Lili nous intime de la suivre.

— Vous ne dites rien. Pour une fois, je décide. Kim, je t'avertis tout de suite, aucun commentaire. Un peu comme pour le parachute, je veux nous sortir de notre zone de confort. Et c'est une surprise. Tu vas t'en remettre, je suis certaine...

— Ça devient une habitude. Une recommandation de ton psy ?

— Non, il ne recommande rien. Il m'amène au contraire à décider de ce que je veux. Seule, comme une grande. Crois-moi, ça fait des miracles !

Nous nous regardons, un peu incrédules. Notre Lili, romantique, en amour avec l'amour, porte même un jeans plutôt qu'une de ses petites robes qu'elle a le talent de faire danser sans s'en rendre compte. Elle nous avait prévenues : « Rien de chic, c'est un pique-nique, pas un bal. »

— C'est loin ?

— Deux petites minutes et on y est.

Les deux petites minutes, qui en sont en réalité dix, nous conduisent devant un entrepôt quasi désaffecté, mis à part deux locaux qui semblent abriter des ateliers d'artistes.

— Qu'est-ce qu'on fout ici ?

— On peut entrer, t'es certaine ?

— J'ai la clé. On prend le monte-charge.

— Est-ce que j'ai droit à un commentaire maintenant ? s'enquiert Kim.

— Attends qu'on soit rendues. On en parle après.

Nous grimpons dans le monte-charge crasseux, instable et franchement inquiétant. Je me demande, en silence, si cette aventure n'est pas plus risquée

qu'un saut en parachute. Au passage de chaque étage
— il y en a quatre —, un grincement louche et un léger
roulis nous font sursauter puis tanguer.

— Merde, si on reste coincées ici, je hurle.

— T'es certaine qu'il est en état de fonctionner ?

— Je l'ai pris tantôt. Zéro problème.

Il faut ensuite emprunter un petit escalier, sale et puant, et pousser une porte qui s'ouvre sur un toit en gravier. Et sur une vue saisissante de la ville et du fleuve.

— Wow, Lili ! Génial !

— Comment tu connais cet endroit ?

— J'y suis venue en tournage. Je voulais vous en faire profiter.

Le lieu est surprenant. Pas de pique-nique sur l'herbe sous un saule pleureur, pas de champs de lavande ou de blé en vue. Mais un toit urbain, des cheminées et un coin que Lili a pris soin d'aménager. Des coussins, deux grandes couvertures et deux chaises transat.

— Ça t'a pris combien de temps, faire tout ça ? C'est magnifique !

Je la serre dans mes bras, admirative.

— Tu t'es donné du mal.

Elle a fait deux voyages et passé une partie de l'après-midi à tout bien disposer. Elle voulait nous épater. Faire la démonstration que la petite Lili, sensible et tendre, était capable d'autre chose que de rêver.

La lumière se transforme. J'en connais les horaires. Nous décidons de prendre nos premiers *selfies*. L'heure magique est encore plus généreuse grâce à nos peaux hâlées, à nos sourires et à l'horizon. Les clichés sont superbes. Kim déclare qu'on devrait bannir cette tradition entre novembre et mai, période où nous sommes moches et blêmes. Désormais, il faudra des photos de nous uniquement lorsque nous sommes à notre mieux. Pas en train de geler sur le trottoir, ni avec notre teint gris ou vert olive.

Nous ouvrons une bouteille de rosé, et Lili, dans son jeans troué et sa petite chemise de lin écrue, déballe ses sacs. Elle s'est dévouée.

— J'avais toute la journée. J'étais excitée à l'idée de vous amener ici. J'aime cet endroit.

— T'as raison, c'est incroyable.

— T'aimes l'endroit, tu veux dire que tu le fréquentes assidûment ?

— Pour un premier rendez-vous, c'est infaillible.

— Un premier rendez-vous ? Tu vois quelqu'un !?

On s'apprête à applaudir lorsqu'elle répond que non, pas quelqu'un. Plusieurs « un ».

— Ah non, pas du polyamour pour toi aussi ! s'exclame Kim.

— Non, mais merci, Alex, pour ton conseil sur les voisins. J'en ai deux qui ont particulièrement apprécié ce toit, claironne-t-elle avec une fierté non dissimulée.

— Deux ? Lili ! Qu'est-ce qui se passe ? Le grand amour, l'homme de ta vie... ?

Pour l'instant, ce n'est pas une priorité. Depuis notre dernière rencontre, elle a fréquenté trois hommes. Et couché avec les trois. Mieux encore : elle n'est pas tombée amoureuse, comme elle l'aurait fait avant. Par réflexe. Chaque fois, elle est rentrée chez elle, seule et comblée. Le lendemain, elle ne s'est pas précipitée sur son téléphone dès le réveil dans l'espoir d'un message, dans l'attente d'un appel. Elle ne cherchait plus à savoir s'il avait aimé ou non sa soirée. Un : elle en était convaincue. Deux – et c'est là l'essentiel : elle avait passé un beau moment.

— Pour la première fois de ma vie, j'embrasse un homme, des hommes, et je ne spécule pas sur la suite. Je ne m'imagine pas qu'on va être en couple, qu'on va être heureux longtemps. C'est tout nouveau. J'embrasse, je goûte, je savoure. Je ne m'invente plus d'histoire d'amour après...

— Bravo, Lili ! Je suis fière de toi, dis-je, sincère.

— Moi aussi, Lili ! Tu m'étonnes. Mais si je comprends bien, ça veut dire qu'on mange là où t'as baisé y a quelques jours ? s'informe Kim.

— Non, pas ici. Un peu plus loin, près de la cheminée.

— Merci de nous indiquer là où tu forniques.

Nous rions. Forniquer, ça se dit encore ? Ce n'est pas désuet ? D'instinct, Kim saisit son cellulaire et part à la recherche de la définition. Elle veut avoir raison. Ou nous éduquer, encore. Selon les dictionnaires, forniquer signifie commettre le péché de fornication.

— « L'horrible péché de la chair, entre deux personnes non mariées. Qui contrevient à la morale religieuse », nous lit-elle de manière très théâtrale.

— Faut vraiment se partir une religion, s'exaspère Alex.

— Dans l'usage familier, poursuit Kim, c'est d'avoir des relations sexuelles avec quelqu'un, simplement.

— Merci pour cet intermède commandité par Larousse, se moque Juliette avant d'enchaîner. Mais, Lili, forniquer sur le gravier, c'est pas l'idéal. Inconfortable, il me semble...

— Il n'y a pas de gravier là-bas. Puis quelques petites égratignures, c'est rien.

Elle s'apprête à soulever son chemisier lorsque nous jurons la croire sur parole. Pas besoin de nous montrer ses blessures.

— Et avec l'autre gars ?

— Désolée, Kim. C'était juste ici. Là, sur la couverture où t'es assise avec Juliette...

— Sur cette couverture ?! Dégueulasse ! C'est un pique-nique, ce soir, ou on revient toutes en pèlerinage sur les lieux de tes ébats ?! se vexe Kim.

— Ça change quoi ? On va toutes chez les unes et les autres. On sait que des hommes y viennent aussi, on ne se scandalise pas. Chez elle, y a moins de chances, ajoute-t-elle en tournant la tête dans ma direction.

— Merci de me rappeler mes mois d'abstinence et ma vie de sœur cloîtrée. Délicat de ta part.

Encore une fois, elles croient en avoir vécu bien plus que moi. Je ne vais pas lancer le bal des expériences, des nuits éclatées, des réveils glorieux. J'en ai eu ma part. Je connais mon histoire. Je devrais tout de même songer à écrire de nouveaux chapitres...

— Je dois dire qu'hier c'était génial, sent le besoin de renchérir Lili.

— Hier?

— Hier, sur cette couverture?! crie Kim en se levant.

— Je l'ai lavée ce matin, rassure-toi. Y avait du sperme partout...

Elle en met, notre femme libérée.

— Quoi? Il n'avait pas de condom. Il m'a demandé s'il pouvait éjaculer sur mes seins ou dans mon visage.

— Lili, t'es au courant que tu peux sauter quelques détails?

— T'as joué à pile ou face pour choisir?

— Non, je ne voulais pas dans le visage. Ça brûle, du sperme dans les yeux. J'ai choisi les seins. Ç'a été explosif!

Elle déballe ses plats, en nous faisant le récit explicite des positions de sa rencontre de la veille. Elle pose sur la couverture un pique-nique digne des magazines. Un caviar d'aubergine, une salade roquette, fraises et parmesan, un cake salé, féta et épinards.

— Superbe ! T'as trouvé le temps de faire tout ça entre deux séances de sexe ?

— Baiser me donne de l'énergie, je crois. J'en aurai pour demain, s'il en reste.

— De l'énergie ou de la bouffe ?

— On a toute la soirée. Et vous aurez encore faim plus tard. J'ai une autre surprise ! annonce pour nous titiller notre spécialiste des toits brûlants.

— Pas un de tes amants qui débarque ?

— Non, mais quand même, plus on baise, plus on a envie de le faire. Avec plein de gens, qui te font toutes sortes de trucs.

Elle ne change pas totalement, notre amie. Celle qui nous a confié un soir aimer les douches dorées lance toujours ce genre de phrases. Sans filtre. Elle ne retient rien.

Je l'envie en ce moment. Comment fait-elle pour rencontrer des voisins ? Comment parvient-elle à les inviter sur le toit d'un immeuble quasi abandonné, puis à se rapprocher un peu plus du ciel ? C'était simple, à sa manière.

Le premier voisin était sur son balcon. Les yeux à demi fermés, il semblait goûter la lumière. Lili s'est approchée et lui a demandé s'il avait envie de voir le coucher de soleil d'ailleurs. Elle possédait des clés qui menaient à une superbe vue. Elle n'avait pas encore l'idée ou l'envie de sexe avec lui. C'était que pour le soleil, jure-t-elle. Lorsqu'ils se sont retrouvés là-haut, le ciel s'est enflammé. Ils se sont embrassés. Et comme il était doué, la suite a pris une tournure inattendue et espérée à la fois. Après, Lili s'est rhabillée, joyeuse et soulagée. Elle n'était pas amoureuse, n'éprouvait aucun embarras, aucun spleen. Elle se sentait légère. Et très vivante.

Deux jours plus tard — donc juste avant notre souper —, elle a rencontré un autre voisin, plus jeune. Ils se croisaient, se saluaient. Cette fois-là, elle a décidé de se présenter. Ils ont bavardé sur le trottoir. Elle l'a invité à voir le coucher de soleil depuis le toit d'un immeuble dont elle avait la clé. Il a accepté son invitation et est venu la rejoindre, une bouteille et deux verres à la main. Comme elle avait souffert du dos et des genoux (oui, ça figurait dans la liste des positions méticuleusement racontées) la fois précédente, elle avait apporté sa couverture. Celle que le jeune voisin a généreusement aspergée dans une énergique poussée de désir. Plus d'une fois.

— Ça n'a pas à être compliqué. C'est facile, trouver quelqu'un. Et y a plein d'hommes bien autour de nous. Tu devrais t'y mettre!

Moi? Je m'y suis mise, et franchement, ça s'est révélé peu probant. J'envie la spontanéité de celle qui apprend à se donner et à se prendre sur les toits.

Malgré mes airs de confiance, cette façon que j'ai de m'ouvrir aux gens, je n'y arriverais pas. Dès qu'il y a un risque de relations intimes, je me ferme. Ou j'évite. Donnez-moi un micro, une caméra, je fonce. Sans eux, seule, sur le trottoir, j'aurais fui le regard du jeune homme de Lili. Si un voisin, tout près, avait été sur son balcon pour profiter des nuances du ciel, j'aurais été incapable de rester assise sur le mien. Je me serais terrée, quitte à me priver d'une belle soirée d'été. Je suis ainsi faite. La timidité est ancrée dans mon ADN. Petite, je me cachais dans les placards lorsque la visite débarquait à la maison. Je craignais les étrangers. Avant la rentrée des classes, je ne dormais pas durant des jours. Un nouveau professeur, des nouveaux amis, tout ça m'angoissait. Je me suis ressaisie avec les années, les amitiés et les lectures. Dont une marquante, d'un professeur en psychologie qui insistait sur le fait que la timidité ne doit pas être surmontée. On doit l'apprivoiser. Elle confère même quelques avantages. Une grande capacité d'écoute, du recul avant de prendre la parole et de dire n'importe quoi. La conclusion à la suite de mes lectures : je suis une extravertie timide. Je m'exprime, je ne crains pas le ridicule. Je m'amuse dans la vie, je ne suis pas renfermée. Aussi, je suis infiniment bien seule.

J'apprécie le silence, les jours de pluie, la rumeur d'une cour de récréation. J'aime le bruit des enfants, encourager très fort un but au soccer et être la première à crier « Bravo ! » dans tous les spectacles de ballet de ma fille. Même au mauvais moment, lorsque le numéro n'est pas terminé. Je chante avec les amies, je porte des vêtements colorés, des chaussures indiscrètes. Je ne me fonds pas dans le décor. Mais, en tête à tête, je suis farouche. Un premier rendez-vous (j'en ai eu ou subi quelques-uns) est pour moi pire qu'une visite chez le dentiste. Rien de plus troublant, de moins naturel que de s'asseoir devant un inconnu pour passer la prochaine heure à faire semblant de s'intéresser à l'autre. À la dixième ou vingtième seconde, on sait que ça va ou pas. On se met à préparer le moment où l'on va se quitter. La manière de mettre fin à l'épreuve. Le mensonge.

Au fond, je n'envie pas Lili. Qu'un inconnu pour qui je n'ai aucun sentiment éjacule sur ma poitrine ou ma couverture ne me grise plus.

◆

La conversation se poursuit. Alex se fait à la vie à deux. Elle est soulagée de ne pas avoir de contrat en ce moment, ça lui permet de ranger tout son lourd matériel pour quelque temps. De ménager son dos. Et surtout de préparer la suite.

L'amant argentin s'est manifesté de la pire manière : en écrivant directement à Laurent. Il a trouvé son adresse courriel et lui a révélé, comme s'il ne le savait pas déjà, qu'il avait eu une liaison avec Alex. Pour prouver ses dires, il a précisé qu'elle avait un tatouage sous le sein droit. Qu'elle lui avait déclaré son amour plusieurs fois. L'amant déchu espérait que ses indiscrétions mettraient fin à l'histoire entre elle et Laurent. Les deux hommes deviendraient complices, solidaires. Il se méprenait. Elle avait tout raconté à son pompier, sans omettre de détails. Il était reconnaissant de son honnêteté, de sa manière franche de nommer les choses, les sentiments.

— Qu'est-ce qu'il a fait, Laurent ?

— Il lui a suggéré de ne plus communiquer avec nous. Il avait le ton parfait. Net, posé. Tu ne réponds pas à ce genre de débilité. À un moment donné, il faut que ça arrête, ce cirque. Je l'ai bloqué partout. C'est irréel, j'ai quand même aimé cet homme-là...

Le ciel prend d'autres couleurs. Je pense aux enfants. Ils seraient heureux de venir ici. Je réfléchis aussitôt à la toiture, sans doute pas très sécuritaire. À la balustrade absente, à peine un léger rehaussement. Ils auraient envie de s'avancer tout près pour voir en bas. Une chute est si facile. Une petite poussée et on se retrouve quatre étages plus bas, sur le trottoir.

— Tu n'as pas eu peur, Lili, qu'un des gars te pousse en bas ? Qu'il soit malade, désaxé ?

— Tu t'inquiètes tout le temps ! se moque-t-elle.
— T'as raison. Jamais je n'aurais pris l'ascenseur avec un inconnu. Encore moins invité quelqu'un ici. J'ai conscience des dangers.
Je n'obtiens pas de réponse. Lili choisit ce moment pour faire apparaître deux énormes joints.
— Tadam ! Voici notre dessert !
— Des joints ?
— Du pot ?
— Une autre recommandation de ton psy ?
— Je le répète, il ne me recommande rien. Il m'a simplement amenée à faire des choses que j'aime pour moi. À me surprendre. Ma vie n'a pas à être un roman tout tracé. Une histoire parfaite. Je me suis souvenue de cette fois où nous avions toutes fumé, quand on s'est rencontrées. On a tellement ri !
— On n'était pas sur un toit sans garde-fou, je sens le besoin de signaler.
— Arrête, on ne se balancera pas en bas. On va juste fumer...
— Ça fait des années que j'ai pas fumé. Ça ne me manque pas, refuse gentiment Kim.
— Moi, j'ai un test demain, je vais passer mon tour, explique Juliette.
— Un test ? Pour quoi ?
— Tu nous l'as pas dit !
— Ça va. Mes problèmes de santé, vous en avez eu votre quota. Je ne partage pas tout.

— On a toutes été au courant quand Kim et Alex ont eu la gonorrhée !
— Bravo pour notre éducation collective.
— Alors, qui veut fumer avec moi ? insiste notre hôte, enthousiasmée par sa surprise.
— On est bien comme ça, Lili, pas besoin de plus.
— Garde-les pour tes prochains amants, suggère Kim.
— Lili. Ferme tes yeux, lève la tête. Tu sens le vent ? C'est divin. C'est suffisant, non ? C'est comme une caresse…
— Toi, tu manques de sexe, décrète Kim, comme un verdict à mon sujet.
Sans doute. Mais il y a tant d'autres sensations, d'autres enivrements. Des parfums, des bruits, des images. Ce souffle exquis, chaud de l'été, je le ressens pleinement sur ma peau. Il effleure mes jambes, mes bras, frôle mon cou, n'oublie pas mes joues. Tandis que mes yeux fermés captent un dernier filet de lumière, il me décoiffe. Le bruit des voitures au loin ressemble presque à celui de la mer, si on fait l'effort. Des enfants crient. Oui, ce vent délicat dissipe mes craintes, mes petits tracas. Je me sens libre. Ça vaut sûrement une baise dans le gravier.

Bas résille

Ces derniers mois, notre attention s'est portée – avec raison – sur la santé de Juliette, qui nous avait masqué ses migraines, ses règles interminables. Et sur les amours d'Alex, qui se limitent désormais à un seul continent. Les aventures de notre petite Lili, outre sur les toits brûlants, me manquent. Depuis notre toute première rencontre, elle a ce don de fasciner avec ses intrigues hors du commun, ses révélations candides et choquantes à la fois. Son charme réside dans son innocence. Cette pureté combinée à un côté impudique, très libre. Le seul problème, c'est qu'elle livre ses confidences dans des endroits publics, où nous observons aussitôt un silence autour de nous. Soudainement, on s'intéresse à notre conversation.

À l'occasion d'un souper où nous parlions de certaines préférences au lit ou ailleurs, elle avait lâché sans retenue un de ses penchants. Le sexe avait été – exceptionnellement – le thème principal du repas. Nous avions appris d'Alex qu'elle avait une collection de vêtements en latex. Et que les cochons ont un pénis en tire-bouchon qui permet au mâle de se visser littéralement à la femelle pour trente interminables minutes d'orgasme. Pendant cette soirée, les filles s'étaient moquées de moi parce que je disais – et je dis toujours – «faire l'amour» plutôt que «baiser». À la fin de la conversation, Lili avait cru bon de clamer, sans complexes, qu'elle aimait se faire pisser dessus. J'entends encore le silence qui avait suivi, et notre amie en rajouter une couche, en disant que c'était agréable et chaud.

Pourquoi faut-il que ça se passe au resto, ce genre de conversations? Nous aurions pu en parler à notre dernier souper chez moi, mais non. Nous sommes à l'un de nos restaurants préférés. Pas pour l'ambiance ni le décor. Parce que nous étirons toujours le repas. Un restaurant coréen, où l'on vous sert à volonté des poissons, des viandes, du tofu – délicieux mariné et grillé –, des légumes à faire cuire sur un petit barbecue au centre de la table. On ne se presse pas. Nous prenons des pauses sous un éclairage un peu agressant. Qu'on finit par oublier. L'avantage, c'est qu'avec la clientèle majoritairement étudiante et cosmopolite, il y a peu de chances qu'on s'intéresse à nos échanges, ou qu'ils soient compris.

Entre deux cuissons de tofu et de saumon mariné sur le gril, je confie être allée au sex-shop du quartier voisin pour acheter une huile à massage dont j'aime particulièrement la texture et le parfum d'ylangylang. Une huile calmante, apaisante. Aphrodisiaque aussi, ce que je n'ai pas eu l'occasion de vérifier depuis des lunes. La vendeuse ultra-sympathique m'a saluée avec enthousiasme, en lançant mon prénom. Quatre têtes se sont retournées, à mon grand désespoir.

Une qui flânait dans le coin des vidéos, une autre près des godemichés format géant, puis un couple amoureux qui chuchotait en choisissant à deux de quoi folâtrer. Rien de discret comme entrée. J'aurais préféré passer inaperçue. Je n'arrive pas à me défaire de cette gêne à visiter ces boutiques au décor clinquant. Un jour, j'aimerais y débarquer pleine d'audace, avec aplomb, et ne pas me presser pour choisir. De toute évidence, ce n'est pas dans un horizon proche. Mon nom lancé haut et fort m'a indisposée. Pourtant, il n'y a pas de honte à prendre soin de soi. Rapidement, j'ai pris l'huile à massage et je me suis dirigée vers la caisse. La gentille au latex m'a demandé si j'avais ma carte.

— Ma carte ? ai-je chuchoté en feignant l'ignorance.

— Oui, ta carte-privilège, celle que je t'ai donnée la dernière fois.

Elle me tutoyait, comme une amie. Elle n'allait rien changer à ses habitudes parce qu'il y avait des clients dans la place. J'étais une cliente fidèle, elle aimait me parler. Surtout en ce moment, devant témoins. En plus des huiles qui ne servaient qu'à moi, j'achetais des nuisettes, des dessous, de quoi surprendre un éventuel amant.

— Tu vas là souvent ?

— Quand je suis déprimée, ou quand je suis hyper heureuse.

— T'achètes quoi ? Pour qui ? s'étonne Kim.

— Pour moi. Et à part les huiles ? Des dessous, des livres...

Je reste évasive. Et je mens. Lors d'une autre visite où j'avais eu la rare chance de me retrouver seule dans la boutique, je m'étais procuré un petit Bullet, discret. « Super étanche, dix modes de vibration. Tu peux l'utiliser dans ton bain ! » m'avait lancé mon amie. Elle avait aussi insisté : je devais absolument essayer le dernier modèle, haut de gamme, d'un vibrateur double stimulation. J'allais me rendre au paradis et devenir *addict*. Elle testait tous ses produits, et celui-ci – le *nec plus ultra* des vibrateurs – la rendait particulièrement heureuse. Plusieurs fois par jour. « Ça me donne même un beau teint ! » C'était trop d'information. Je souhaitais que la conversation s'arrête, surtout qu'un couple venait d'entrer. Des gens que je pouvais connaître, ou qui me reconnaîtraient. Gênée par leur présence, j'avais abandonné l'idée d'un teint lumineux et rapidement choisi le plus petit format, moins coûteux, d'une autre marque. En me dirigeant vers la caisse, j'avais regretté. Je devais m'assumer. Et je méritais mieux, plus imposant. La meilleure qualité. À défaut d'avoir une tête, mes fantasmes posséderaient un sexe, plus gros que la moyenne. Plus performant. Plusieurs vitesses, plusieurs modes de pression. Du plaisir sans hurlements, sans grimaces devant moi. J'étais revenue sur mes pas pour replacer la nouveauté. Puis j'avais saisi la version amplifiée de mon nouvel ami. Je l'avais même caché sous mon manteau, avant de me précipiter vers la caisse. Vite, conclure l'achat sans qu'on remarque la taille imposante de l'objet. « Super ! Tu fais bien de te gâter ! En plus, il est silencieux ! » avait gueulé la vendeuse au corset trop serré... Juste avant d'ajouter, complice, en baissant le ton : « Tu vas l'appeler comment ? »

◆

— C'est vraiment tout ce que tu achètes ? De l'huile, des dessous et des livres ?

— Oui, je mens encore. Et la dernière fois, des bas résille. Mais à partir de maintenant, je commande en ligne...

— Des bas résille ? Faut que je vous raconte ! m'interrompt Lili.

Elle me sauve du mensonge, en version prolongée. D'une histoire à inventer. Et, sûrement, de toutes les suggestions que les filles auraient pu me donner sur les gadgets les plus efficaces, les vibrateurs à triple stimulation, les boules d'orgasme et tout ce que je connais si bien, sans l'afficher...

Comme elle seule en a le talent, Lili nous arrive avec cette histoire de bas. Elle n'a pas encore osé nous la raconter. La connaissant, j'imagine qu'elle est assez récente. Elle ne garde pas ce genre d'anecdotes pour elle longtemps. J'ai vu juste : la nouvelle est liée à ses explorations sur les toits. Un collègue, pas un voisin, un littéraire, qui aime les écrits de Marilyn, s'intéressait à elle. Il la trouvait épanouie, émancipée. Tous les deux se plaisaient. À la troisième rencontre, il l'a invitée chez lui.

Après l'examen de deux pans complets de murs remplis de livres, des recommandations sur certains d'entre eux, des bougies allumées, du vin orange et un repas digne de tous les concours télévisés, ils se sont embrassés. Avec de réels sentiments cette fois. Ils ont même dansé, seuls dans le salon.

— J'ai un malaise, avoue Juliette.

— Moi aussi. Y avait de la musique au moins ? Ça me perturbe, vous imaginer danser comme ça, ajoute Kim.
— Non ! Tout était parfait. Ce soir-là, il m'aurait demandée en mariage, j'aurais accepté !
— Lili, tu paies un psy pour quoi exactement ? Le mariage, les livres, les contes de fées, tu vas mettre combien de temps à comprendre ?
— C'est tout sauf un conte. Et si déjà la danse vous dérange, c'est mal parti. Attendez la fin, prévient Lili. Vous ne le croirez pas. Interdit de vous moquer.
— Je dois me boucher les oreilles ?
Parfois, les images sont si fortes, je visualise si bien Lili que ça m'indispose.
— Non, rien de scabreux, rien de honteux, ou peut-être que si finalement... reconnaît-elle, hésitante.
Le littéraire doué en cuisine et en danse l'a menée à sa chambre. En l'embrassant, toujours aussi bien, avec des lèvres généreuses et une langue qui ne s'affole pas. Qui explore tout en douceur. En lui demandant si elle était ouverte d'esprit, s'il pouvait se permettre de se laisser aller, de ne pas craindre sa réaction.
— Juste avec cette question, je me serais sauvée, admet Kim.
Je la seconde. Ç'aurait été trop pour moi. Je serais partie. Effrayée.

— Il t'a attachée ? présume Juliette, qui aime bien qu'on l'immobilise de temps en temps.

Non. Il a simplement ouvert un tiroir de sa commode pour en sortir... des bas résille. Il s'est assis sur le lit et les a lentement enfilés jusqu'au haut de ses cuisses. Poilues. Sous la mine ébahie de Lili, muette devant ce spectacle improbable. Inédit. Paralysée aussi, parce qu'elle n'a pas bougé. Elle l'observait, incertaine de la suite. Même si elle lui avait juré d'être ouverte à tout. Puis il s'est dirigé vers son placard et lui a présenté deux paires de chaussures à talons très hauts en ayant la délicatesse de lui demander lesquelles elle préférait. Les rouges ou les noires en cuir verni ?

— On venait de s'embrasser. De danser ensemble. Et dix minutes plus tard, il était là devant moi avec des bas résille qui lui arrivaient à la mi-cuisse et des talons hauts dans les mains ! résume notre amie, troublée.

Je suis soulagée d'être dans ce restaurant où personne ne semble remarquer le ton de Lili, notre intérêt marqué envers elle. À notre table, plus personne ne fait griller les pièces marinées.

— Tu t'en es échappée comment ?

— Je lui ai avoué que ça ne me plaisait pas. Je me sentais mal à l'aise. Ce serait préférable que je parte. On se reverrait le lendemain, ou plus tard.

— Il a compris ?

— Évidemment ! Il était désolé. Il m'a expliqué que c'était un fantasme. Il le faisait parfois seul. Jamais il ne s'était permis d'oser avec une femme. Il s'était senti en confiance avec moi. Depuis notre première rencontre, il croyait que c'était possible. Il s'est excusé sincèrement. C'était une maladresse. J'ai eu de la peine pour lui.

— T'as raison, c'est navrant comme histoire, je concède. Quand même, ça doit être difficile d'avoir des fantasmes qui ne font de mal à personne, que tu dois retenir. On devrait tous risquer, se décoincer plus...

— Ça change quoi, qu'il porte des bas ou non ? C'est un jeu sexuel comme tant d'autres. Ça n'a rien d'une perversion. Vous aviez déjà baisé ensemble sans ses bas, sur un toit. Il n'en a pas besoin tout le temps. Il avait seulement envie de l'essayer. Et c'est beau, des bas résille. Bon, sur des cuisses poilues, je ne sais pas... Dommage pour lui... analyse Alex, partie sur une grande lancée.

— Ce n'est pas triste, l'interrompt Lili. Je peux continuer ?

Il s'est rassis tout près d'elle sur le lit et s'est justifié encore. Ce n'était qu'une fantaisie, comme venait si justement d'exposer Alex. Une envie qu'il caressait depuis longtemps. Il ne se sentait pas attiré par les hommes. Que par les femmes, surtout celles de caractère et douces à la fois. Il était épaté par la manière d'être de Lili, par son cran, son énergie, sa sensibilité. Surtout, il espérait que cette parenthèse n'entraverait pas ce qu'ils vivaient de beau.

Tandis qu'il se révélait, il tenait d'une main l'épaule de notre amie. Elle sentait les muscles de son bras autour d'elle. Son odeur. Et son regard, d'une sincérité absolue. Elle le trouvait beau. Fort à sa manière d'oser se livrer, de s'abandonner et de lui faire confiance.

Les chaussures traînaient sur le sol. Notre amie les fixait maintenant. Les rouges se montraient trop voyantes, criardes. Pour une première expérience, les noires conviendraient mieux, se disait-elle. Lili, celle que je ne pourrais pas inventer, même dans les romans les plus improbables. Lili, notre amie qui aime les hommes et le sexe, s'est penchée et a choisi les noires. Dans une version contemporaine des contes de fées, elle a enfilé une première chaussure (du 12!) au pied de son prince charmant. Et l'autre ensuite.

Visualiser la scène m'est insupportable. C'est plus fort que moi, je déteste les pieds. Depuis toujours. Juliette m'avait montré les siens lors d'un souper. Elle les avait même posés sur moi, pour me montrer son deuxième orteil, plus long que les autres. Un pied grec, un signe d'intelligence, affirmait-elle. Imaginer Lili tentant de glisser un escarpin à son amoureux me trouble. Mais qu'importe. Ce soir-là, elle a fait l'amour à un homme qui portait avec un bonheur rare des bas résille et des talons aiguilles.

— Et c'était comment ?

— Meilleur encore que les autres fois. Il avait baissé sa garde, on se lisait, on se devinait parfaitement. Comment dire ? C'était mémorable. Et d'une grande pureté.

Une grande pureté. Lili et sa manière de voir les choses, la vie. De ne pas juger.

Comment ne pas l'aimer ?

L'enfant de Kim

Ce n'est pas un souper. Rien à partager avec les autres filles. Kim m'a textée plus tôt dans la journée. Elle voulait me voir, en solo. Elle m'a prévenue qu'elle ne ferait que passer. Elle a un truc important à me confesser.
« Confesser ? »
« Oui. Mais rien de dramatique. »
Elle pourrait vouloir me raconter, m'avouer un secret, ce serait moins suspect. Dans mon esprit, une confession implique qu'on ait commis un geste grave, un crime. On souhaite avoir la conscience tranquille, partager son angoisse avec une autre. Moi, en l'occurrence, ce soir.

Dans l'art de se rendre intéressante ou de mettre à rude épreuve ma patience et ma curiosité, Kim est plus que douée. Au moment où la dernière ligne orange s'efface à l'horizon derrière les immeubles, elle arrive. Élégante dans une robe chemisier marine, une longue veste de laine ivoire, des ballerines taupe en suède et un sac en bandoulière dans le même ton. Je l'accueille en lui disant qu'elle est belle. Elle devrait porter des robes plus souvent, ça lui va bien. Elle me remercie et me signale avec une pointe de fierté que tout provient de sa boutique de seconde main. Je grimace.

— Même les chaussures ?

Je ne me ferai jamais à cette pratique. Je suis dédaigneuse et, à mes yeux, ça manque un peu d'hygiène. En plus, les chaussures s'adaptent à la démarche de leur premier propriétaire. Elles prennent la forme de ses pieds. Pas ceux d'un étranger. Elle me répond qu'elles sont pratiquement neuves, elle n'allait pas s'en priver.

— Tu ne veux pas entrer, t'as pas froid ?

— Non, je reste juste quelques minutes. Bien réussies, tes chaises retapées. C'est solide ?

— Zéro. On s'assoit et on tombe.

Elle rit et ajoute qu'elle adore ces soirées qui deviennent plus fraîches. Que j'ai de la chance, aussi, d'avoir une vue si directe sur la rue.

— T'es aux premières loges !

Oui, aux premières loges du quotidien. Rien pour bouleverser mon existence, ni croiser le grand amour. Ou celui qui mettra un terme à une disette de quelques années. Je n'ai pas l'aisance ni le talent de Lili, qui a collectionné les rencontres au fil des semaines. J'ai tout de même apprivoisé ce balcon ces derniers mois.

J'observe Kim. Elle a un sourire différent. Manifestement, il ne lui vient pas d'un échange de fluides, d'une trop brève séance de sexe avec un entraîneur de tennis ou un stagiaire maladroit. C'est plus profond. Plus important. C'est la première fois qu'elle débarque comme ça, simplement pour me parler. Ou se livrer, plutôt.

— Alors, tu me dis tout et, promis, je ne le répète à personne. Qu'est-ce que t'as fait, Kim ? C'est sérieux ?

— Non. Peut-être même une bonne nouvelle, je crois. Mais je me sens coupable. Je veux que tu me rassures.

— Je n'aurai pas à venir te porter des croissants en prison ?

Elle m'explique qu'elle vient à moi parce que je suis un peu son contraire. Ouverte, attentive. Je juge rarement, tandis qu'elle le fait presque spontanément. À propos de tout. Puis, avec ses yeux plus brillants que d'habitude et ce sourire mystérieux qui ne la quitte pas, ma Joconde se dévoile.

— Tu ne sais pas ce que j'ai fait...

Non, et là, il serait temps qu'elle lâche le morceau.

— J'ai croisé par hasard ce matin un camion brun, UPS, tout près du bureau. J'ai eu envie de voir si c'était lui qui faisait la livraison...

Lui, son ancien amant. Ce bel homme sur lequel nous avons pu mettre un visage dans un café. Elle était en confiance avec sa robe qui tombe si bien et ce décolleté qui met en valeur sa poitrine, sans complexes. Elle a décidé de faire le guet. Son instinct ne l'avait pas trompée. C'était bien lui qui sortait de l'immeuble. Sans l'avoir remarquée, il se dirigeait droit vers elle.

— J'étais prête. J'ai tellement regretté de m'être réfugiée sous la table l'autre matin. Cette fois-ci, je n'allais pas être prise au dépourvu. Je l'attendais.

Il a sursauté en la voyant réapparaître plusieurs mois après leur rupture. Kim, bien droite devant son camion, lui a souri. Ses cours de yoga lui avaient enseigné une certaine discipline, un contrôle de soi qu'elle maîtrisait par de grandes respirations en patientant. L'ex a été saisi, il a même fait un bond en arrière.

— Comme si j'allais l'attaquer ! se moque-t-elle.

Elle s'est d'abord approchée pour lui faire la bise. Plus qu'un réflexe, elle voulait qu'il se rappelle ses lèvres et son parfum. Elle s'en était subtilement réappliqué entre deux respirations en le guettant, peut-être en vain. Ç'aurait pu être un inconnu, un autre livreur. Les camions bruns aux lettres dorées ne manquent pas sur les routes. Après la brève étreinte, il a paniqué, achevé de perdre son air confiant, ce flegme qui avait fait craquer Kim.

— Et tu ne devineras pas ce qu'il m'a lâché : « Tu me suis ? Tu me cherches depuis longtemps ? » Merde ! Après un an et demi, c'est tout ce qu'il a trouvé à dire !

Impassible, étonnamment sereine devant lui, elle a répondu qu'elle avait toujours son numéro de téléphone, et jamais elle ne l'avait rappelé. Il s'accordait beaucoup d'importance. Son agenda était très rempli, elle n'avait pas de temps à perdre à le suivre.

— Bravo, Kim, je suis fière de toi.

— Attends la fin...

En le voyant petit, inquiet, manquer de respect à la relation qu'ils avaient entretenue pendant un an, elle a été déçue. Il y a eu un déclic dans son esprit. Elle lui ferait payer ses nuits d'insomnie, ses séances chez le psy, sa peur de l'abandon qu'il avait ranimée. Elle a choisi la vengeance. Rapidement, celle qui dans son métier cherche des concepts, des phrases-chocs a élaboré une suite assassine. Après la mise au point très claire de Kim, l'homme à l'habit brun a retrouvé ses manières. Il lui a demandé comment elle allait, en espérant sans doute une réponse convenue. Sans histoire. Brève.

— C'est horrible ce que je lui ai répondu. Tu vas m'en vouloir. Je lui ai menti. Je lui ai dit que j'allais parfaitement bien. Je lui ai parlé de mon retour au travail, de mon nouveau poste... et de notre fille!!

— Quoi!?

Je me lève brusquement et je descends sur le trottoir. J'éprouve le besoin de faire quelques pas, en inspirant profondément à mon tour.

— Kim, tu n'as pas le droit! C'est indécent! Tu t'es inventé un enfant?!

Elle voulait lui remettre la monnaie de sa pièce. Il s'était défilé lorsqu'il la savait enceinte. Elle portait son enfant, leur enfant. Celui qu'ils avaient conçu dans les boîtes. Avec amour. Elle l'espérait, et lui aussi d'ailleurs. Jusqu'à ce qu'il recule. Brise ses promesses et l'abandonne. Elle avait mis fin à sa grossesse. Seule. Alors, ce matin, elle avait eu le droit d'inventer ce qu'elle voulait.

— Il s'est presque étranglé en me répétant: «T'as une fille?» Je lui ai dit qu'elle était magnifique, qu'elle riait tout le temps. Et il est monté très vite dans son camion. Tu sais ce qu'il m'a dit avant de partir? «S'il te plaît, n'en parle à personne.» Quel lâche! Pas de questions sur son prénom, sur ce à quoi elle ressemble. Il n'a même pas demandé à voir une photo d'elle!

Elle se scandalise. Je lui rappelle que l'enfant n'existe pas. Elle n'a pas de prénom, pas d'anniversaire, pas de photo. Une petite fille est née de son imagination, d'une pulsion vengeresse. Tant mieux si elle se sent soulagée, parce que moi, en ce moment, je me sentirais particulièrement mal à l'aise.

— J'ai abusé, tu crois ?

— C'est énorme, Kim. S'inventer un enfant... Ça t'a fait du bien ?

— De le voir surtout. Je ne me suis pas enfuie ni cachée. C'est fou, il m'a semblé faible. Égoïste aussi.

— Tu lui dois la vérité. T'es allée trop loin avec cette fabrication.

— Promis, je lui dis la vérité. S'il me rappelle. T'as raison, c'est un gros mensonge... reconnaît-elle, mi-sérieuse, mi-ravie.

Oui, très gros. Comme dans les couleurs, les amours, il y a un nuancier des mensonges. Les blancs ou altruistes qui veulent protéger, éviter de blesser ceux qu'on aime. Nous en commettons tous les jours. Nous l'avons fait ensemble en nous émerveillant de la chevelure bigarrée de Juliette à ses premières tentatives étrangement colorées. Il y a aussi le mensonge par omission ou le partiel, celui des demi-vérités. On se donne bonne conscience. Celui de Kim ne figure dans aucune de ces catégories. Je ne sais trop qu'en penser. Sinon qu'il donne un sourire rare à mon amie. Il la libère d'une crainte. Elle n'a plus à redouter de le croiser au coin d'une rue. Le chemin est libre maintenant...

Le droit de choisir

Juliette, pour nous remercier de l'avoir soutenue, malhabilement mais de bon cœur, nous reçoit chez elle. Dans sa cuisine, «propre», a-t-elle tenu à spécifier dans l'invitation. Son lit sera fait. Nous pourrons aller à la salle de bain sans éprouver le besoin de nous désinfecter les mains après, a-t-elle ajouté.
Le message me réjouit. Il est le signe, réel, que notre productrice a retrouvé le contrôle de sa vie, comme si on pouvait en avoir le plein contrôle.
L'automne est bien installé. Jusqu'à la toute fin de l'été, aucun inconnu n'est venu sur mon balcon. J'ai échangé quelques bonsoirs, lancés maladroitement.

Pourtant, « bonsoir », ce n'est pas le défi des syllabes, ni dans le registre des mots difficiles à prononcer. Je suis parvenue à le bafouiller systématiquement. Lili a eu plus de succès sur les toits et ailleurs. Après avoir papillonné, elle fréquente maintenant – en prenant tout son temps – un homme qui porte, dans de rares occasions, des talons hauts. Il a osé les sortir de son placard grâce à elle.

Alex vient d'emménager avec son pompier, qui a abandonné ses autres relations. Ils s'ajustent doucement à la vie à deux, exclusive. Et à celle à quatre, lorsque les enfants de son amoureux débarquent. Elle le concède, c'est une adaptation pour tous. Elle nous répète que, même s'ils ont acheté les meubles de la salle à manger ensemble, il n'y a rien de coulé dans le béton. Elle n'a pas signé de contrat à vie. Et on peut s'aimer sans vivre ensemble. Elle regrette simplement de ne pas avoir eu la prévoyance de sous-louer son appartement, qu'elle aimait, plutôt que de s'en départir.

— Les filles !

Cette fois, nous n'avons pas à implorer Juliette pour qu'elle nous fasse monter chez elle, elle nous attend sur le balcon. Magnifique dans son uniforme marinière, jeans et baskets blancs.

— Wow, qu'est-ce que t'as fait à tes cheveux ? lui demande Kim.

— T'aimes ça ?

Étrange quand même, notre étonnement, nos compliments devant une fille qui a retrouvé sa couleur naturelle. Un châtain clair, brillant. Sans mèches, sans un soupçon de couleur. Une chevelure unie, coupée en carré avec une frange courte. Elle a l'air d'une gamine. Bien loin de la femme amochée d'il y a quelques mois.

On s'embrasse et on se dirige vers la cuisine, où trônent un frigo et un poêle tout neufs, des chaises blanches et une vieille table de bois, avec une grande lampe en rotin suspendue au-dessus, dans un look scandinave impeccable.

— Toi, t'as passé tes soirées sur Pinterest...
— C'est réussi. Tes couleurs de cheveux, avant, tu les choisissais là ?
— Oui, comme mes vêtements. Des marinières, des t-shirts ; j'en reste à ça. Avec des vestons, tout s'agence. J'arrête de dépenser inutilement, d'en avoir plein les tiroirs, de ne pas savoir quoi choisir.
— Si t'en as trop dans ta garde-robe, tu sais quoi faire ! Vous vous souvenez de notre souper où j'ai voulu tout donner, les filles ?

On se met à rire. J'avais tellement insisté pour me libérer, me délester des vêtements. Même les neufs. Ceux qui attendaient que je perde dix livres, ceux achetés dans la frénésie d'une vente incroyable, qui ne reviendrait plus jamais. Je rêvais de L-É-G-È-R-E-T-É, et je l'avais répété jusqu'à ce que je tombe dans mon lit. Nue comme un ver.

Juliette a une annonce importante à nous faire. Autour de la table, quatre filles l'écoutent dans un silence rare. Elle consulte, depuis son coup de déprime.

— Appelons un chat un chat, dit-elle, sans tenter de diminuer ce qu'elle a traversé.

Parce que, même passagère, la déprime vient avec tout un forfait. Idées noires, baisse d'énergie, insomnie. Elle a tout vécu. Et pour empêcher que ça revienne, elle doit agir sur l'essentiel.

— Sur quoi? s'alarme Lili.

— Ce qui me tracasse le plus en ce moment, alors que ça ne devrait pas. Les filles, tout est si clair pour moi. Je ne veux pas avoir d'enfants. Et j'ai entrepris les démarches.

— Quoi?!

— Je vous l'ai caché. En fait, je ne l'ai dit à personne. Je vois un spécialiste. Ce sera bientôt réglé. Pourtant, ça part de loin. J'ai de fulgurantes migraines depuis deux ans. Je dois rester dans le noir, allongée, tellement ça fait mal. J'ai consulté un neurologue. Il m'a dit que c'était à cause de la pilule. Je la prenais depuis pas loin de vingt ans. Tout un bail! J'ai arrêté, et bingo! J'ai gagné à la loto des menstruations. J'ai eu mes règles sans arrêt pendant deux mois!

— Deux mois non-stop?! C'est normal d'être déprimée! compatit Kim.

Déjà que cinq jours nous semblent bien longs, j'imagine sans effort que des semaines entières puissent miner le moral.

Son médecin lui a ensuite recommandé un gynécologue. Au deuxième rendez-vous, il lui a offert trois options : les pilules sans hormones, le stérilet – pas question d'un corps étranger pour Juliette – ou se faire brûler l'endomètre. La dernière option est définitive. Plus aucune chance de grossesse. Ça fait deux mois que Juliette y réfléchit. Elle a maintenant tranché.

— Les autres moyens contraceptifs, ça ne te tente pas ?

— Kim, je ne parle plus de contraception. Mon choix est fait. Ce serait bien que vous soyez un peu encourageantes. Je la porte comme une honte, cette décision. J'ai l'impression que je suis jugée, ou que je vais l'être. Comme si une femme qui n'a pas d'enfant n'était pas complète.

— Ce n'est pas ce qu'on prétend, Juliette.

— Je déteste toutes les méthodes. Et je ne serai jamais mère. Je le sais depuis l'âge de quatorze ans.

— Non, tu ne sais pas ! Ça peut changer, sent le besoin d'ajouter Lili.

Plus que « Ça va aller », « La vie est belle » et toutes ces expressions à bannir lorsque quelqu'un est au plus bas, le « Tu ne sais pas, ça peut changer » figure sans aucun doute parmi les phrases à proscrire pour une femme qui envisage la solution définitive.

— Tu vois, c'est précisément pour ce genre de réponses que j'ai décidé d'en parler à une psychologue plutôt qu'à mes amies. Les gens ont un blocage absurde face à ce choix. Ça revient toujours avec « Ça peut changer, t'as pas encore trouvé la bonne personne ». Est-ce que je peux être maîtresse de mon corps, de mes désirs ? Je n'aurais pas dû vous en parler, je me rappelle la première fois que j'ai osé effleurer le sujet...

Elle a raison. Nous n'avions pas été édifiantes. Kim et Alex étaient allées en cuisine pour devenir mères de ce qui serait, avions-nous rêvé, une grande tribu. Des enfants et cinq femmes, des vacances à la plage ensemble, Alice ou Arthur pour Lili, Santiago ou Abril pour Alex, déjà absorbée par le continent sud-américain. Juliette, elle, avait lancé qu'elle n'avait pas l'instinct maternel. Elle l'avait lâché comme si le poids de ce secret allégeait ses poumons.

— Comment tu peux dire ça ? s'était émue Lili.

Alex avait soutenu qu'elle n'avait pas trouvé la bonne personne. J'avais renchéri qu'elle pouvait encore changer d'idée.

— C'est quoi ? Une obligation, une religion, avoir des enfants ? avait-elle crié.

Une femme sans enfant, par désir, par choix, devenait subitement une mauvaise personne, nous avait-elle dit. Elle ne voulait plus en parler. Nous étions passées à une autre conversation, sans revenir sur sa déclaration.

Ce soir, devant notre réaction qui n'a pas beaucoup évolué, je comprends que nous étouffons le sujet. Il nous confronte. Nous renvoie à quelque chose d'intime. Il n'y a pas d'arguments à trouver. Je m'abstiens de répéter que mes enfants sont de loin ce que j'ai fait de plus beau, ce que j'ai de plus précieux. Juliette a autre chose. Sa décision lui appartient. Nous n'avons pas à l'accepter. Elle lui revient. Notre amie est assez grande, assez raisonnable, pour gérer sa vie. Et ses fonctions reproductrices.

— Bon, bien, je vais essayer de trouver quelqu'un d'autre.

— Quelqu'un d'autre pour quoi ?

— Pour m'accompagner à mon dernier rendez-vous avant l'opération.

Juliette est sérieuse. Elle est rendue loin dans son cheminement.

— J'ai passé toutes les étapes, mes médecins, mon gynécologue, ma psychologue, ils m'ont tous demandé dix fois si j'avais des doutes, si je ne pourrais pas regretter ma décision. Parce que c'est irréversible. Ça fait des mois que j'étudie toutes les options. Et voilà, j'ai toutes les réponses. J'aimerais seulement qu'une d'entre vous vienne avec moi chez le spécialiste, pour mon dernier rendez-vous. Je n'ai pas envie d'y aller seule.

— Après, il se passe quoi ?
— Le grand jour de l'opération. Et fini pour moi la pilule, les migraines et tout le reste.
— Tu vas économiser, affirme Kim, qui n'a pas entièrement arrêté de tout calculer.

Elle doit le faire encore. Mentalement. Sans nous partager ses savantes mathématiques.

— Je ne le fais pas pour l'argent, Kim. Mon choix est assumé. Longuement mûri. J'ai besoin que mon corps soit synchro avec ce que je ressens.

J'observe Juliette, respirant la santé dans sa marinière, sa petite coupe de cheveux, son t-shirt blanc. J'accepte de l'accompagner.

— J'y vais avec toi, à ton rendez-vous. Ça va me faire plaisir, Juliette.

Je suis sincère. Et j'ordonne à Lili de changer d'air. Si elle veut des bébés, elle en fera. Et ça vaut aussi pour les autres.

— Pourquoi moi ? Je n'ai rien dit ! me reproche Kim. Je suis d'accord qu'elle fasse ce qu'elle veut avec son corps, c'est sa décision.

— Je ne veux juste pas que tu le regrettes !

Lili en rajoute une couche.

— Lili !!

C'est lancé en chœur, sur un ton indulgent. Nous en avons pris l'habitude. Le prénom de notre amie est devenu, sans que nous le voulions, un cri de ralliement. Le mot-clé pour annoncer que la conversation est close. Que le temps est venu de passer à un autre sujet. En général, ça fonctionne.

◆

À notre surprise, Juliette nous sert le repas qu'elle nous avait promis il y a plus de deux ans. Ça nous revient. Du kale, du tempeh grillé et des radis «géniaux pour la peau». Elle a la mémoire longue. C'était ce soir où Alex était obsédée par son double menton et où Kim, obnubilée par sa nouvelle application, calculait tout ce que notre hôte nous servait, dont du saumon fumé (trop salé pour elle) et l'affront ultime: un immense plat de pâtes (délicieux). Froissée et exaspérée de les voir analyser ce qu'elle avait si bien préparé, Juliette avait promis que la prochaine fois elle se contenterait d'une salade de kale et du tempeh grillé. Lili avait pris sa défense, en disant que ce n'était plus la peine de s'inviter à souper si on commençait à compter toutes les calories. Et moi, j'avais réprimandé Kim et Alex. Elles devenaient lourdes, à la fin. Le mot était mal choisi, si je me rappelle la suite.

— Wow, c'est superbe, comme présentation!
— Pinterest?
— Exact! Toi, c'est les couleurs, les tapisseries. Moi, c'est la bouffe et les looks en vogue. Rien de mieux pour les soirs d'insomnie.

Des insomnies, elle aussi ? Je croyais être la seule à me réveiller au beau milieu de la nuit, à expérimenter les trois à cinq qui nous plombent les matins. On voudrait se rendormir. On redoute la journée. Ce qu'elle deviendra si le sommeil ne revient pas. On angoisse sur une fatigue qui n'existe pas encore. On se met à cogiter. Rarement à de jolies pensées. On échafaude le pire. Alors, on ouvre nos écrans, et on contemple. Les couleurs, les tapisseries, la décoration de résidences que nous ne posséderons jamais. Pour d'autres, ce sont les nouvelles tendances culinaires, qui changent rapidement. Les gâteaux arc-en-ciel, vite dépassés. Les plateaux apéritifs dans toutes leurs déclinaisons, on les a vus, quoiqu'ils soient encore bien utiles... Les sushis cakes, les bols dragon, les glaces mochis de toutes sortes. Puis, arrive le temps de se lever, d'amorcer la journée en rêvant déjà que la prochaine nuit sera généreuse.

— Tu fais des insomnies ?

— Comme tout le monde.

— Je présumais être la seule, la préménopause, quelque chose du genre...

— Heureusement que tu le dis. J'aurais fait la remarque et toutes les quatre vous auriez crié ensemble...

— Lili !!!

— C'est parce qu'on t'aime. On veut t'éduquer, sourit Kim. Tes parents t'ont hyper gâtée. Pour eux, t'es parfaite.

— Tu l'es presque, ne te tracasse pas, j'ajoute pour ne pas vexer notre amie.

— Moi aussi, je dors mal, avoue Alex, qui semble moins combative qu'à son habitude.

Je ne propose ni jeu ni chanson avec les mots «sommeil» ou «insomnie». Pas plus que je ne suggère un de mes célèbres tours de table. Il se produit naturellement. Lili lance le bal. Elle dort moins bien dernièrement. La faute de ses parents. Elle poursuit son émancipation à leur égard. Elle leur a laissé la clé de son condo, dont ils détestent les nouvelles teintes. Désormais, ils doivent y venir seulement s'ils l'ont prévenue. Sa mère a mal encaissé le choc. Elle lui a rappelé que peu de filles recevaient un tel cadeau pour leurs trente ans. Puisque c'était son cadeau, justement, notre amie a été claire. Elle est fière d'avoir exprimé ce besoin, sans céder au chantage émotionnel. Parfois, la nuit, elle se trouve ingrate. Elle pense aussi à son professeur de littérature.

— Il a un nom, cet homme ?

— Roger.

— Roger !?

— Sérieux ? Ça fait tellement pas professeur de littérature.

— Vous êtes pleines de préjugés ! nous reproche-t-elle avant de nous annoncer qu'il s'appelle en fait Xavier.

— Lili, au fond, on se fout des prénoms. Mais honnêtement, ça ne te chamboule pas un peu d'avoir des sentiments pour un homme qui a deux paires de talons aiguilles dans son placard ? Des bas résille dans ses tiroirs ? la questionne très diplomatiquement Juliette.

— On ne part pas de controverses à son sujet ce soir. J'en parle à mon psy, il m'aide. Puis, Xavier est vraiment formidable. On ne peut pas toutes fréquenter des Manuel, des Maïkan comme Alex...

— Je rappelle que je n'ai plus de Manuel. C'était un pervers-narcissique-manipulateur-jaloux de la pire espèce, déballe d'un seul trait notre amie.

— Tu peux répéter encore plus vite ?

— Pervers-narcissique-manipulateur-jaloux. Tiens, moins de deux secondes, top chrono ! rit-elle.

Elle le récite dans ses insomnies. Ça ne va pas mal entre Laurent et elle. Seulement, la situation est délicate. Amoureux, ils ont sous-estimé ce que leur nouvelle vie de couple représenterait pour les deux filles de son pompier. Ils ont sauté des étapes. Deux gamines de six et neuf ans se retrouvent subitement à vivre une semaine sur deux avec une femme attentionnée. Étrangère aussi. Elle a changé des meubles, apporté des tapis qui puent, se plaignent-elles en se pinçant le nez.

Elle a beau leur raconter des histoires, leur apprendre à filmer avec sa petite caméra, elles lui en veulent. Comme si elle leur volait leur père. Et toutes les nuits, sept jours sur sept, une d'elles fait des cauchemars. La vérité, c'est que lorsque les filles sont à la maison Alex ne dort plus avec Laurent. Elle leur cède sa place auprès de lui et se réveille dans la chambre d'Eva ou dans celle de Rose. Dans un lit trop petit pour elle.

— Il y a toujours une période d'adaptation. Ça prend quelques mois.

— On est allés trop vite. Je regrette ma décision. Au fond je rêve de retrouver mon appartement. De redevenir son amoureuse. Rien d'autre.

— Si je lis entre les lignes, tu n'aimes pas vraiment ses filles, émet Kim.

— Tu lis très mal. Je les aime. C'est l'inverse. Elles ne m'aiment pas.

On convient qu'elle doit se donner du temps. Et si ça ne fonctionne pas, elle peut revenir sur sa décision. Il n'y a pas de contrat. Mieux vaut préserver leur relation.

Le tour de table improvisé s'arrête sur Kim, dont les nuits sont de plus en plus douces. Moins troublées par son chauffeur de camion. Depuis sa rencontre impromptue, il ne la réveille plus. Surtout, il ne lui a pas enlevé l'envie de croire à de belles relations, à l'amour.

— Je réalise enfin qu'il n'est pas parti avec ce que je possède, ce que je suis. Je ne me laisse plus emporter par les mauvais souvenirs. À la limite, c'est désolant de banalité, mais je me sens plus forte. Ouf! Tellement cliché! se moque-t-elle. Les filles, je me lève mon verre. J'en suis sortie en un seul morceau! En commettant un horrible mensonge aussi. Il reste entre elle et moi. Elle ne s'en vante pas. Tout à l'heure, devant l'appartement de Juliette, elle m'a quand même lancé : « Imagine, il ne m'a pas rappelée. Il n'a même pas pris des nouvelles de sa fille! »

Et en ce qui concerne mes insomnies, je passe mon tour. Je les ai largement étalées un soir de colère. Je dors toujours avec un bâton de baseball près de moi. J'ignore si le rôdeur sévit encore dans le voisinage. J'ai décidé de nous inscrire, les enfants et moi, à des cours d'autodéfense. Nous allons former un trio invincible. Mon fils se réjouit. Il sera le plus fort dans les manifestations et résistera aux forces de l'ordre. Ma fille, solidaire et fonceuse, a annoncé qu'elle mettra K.-O. tous ceux qui oseront s'en prendre à nous, son frère ou moi. Ça promet, ces cours. J'ai aussi arrêté de compter les mois. Ceux où je n'ai pas fait l'amour. J'aime ma vie comme elle est. Et dans mon lit, j'occupe désormais tout l'espace. Sans zones réservées. Sans frontières imaginaires.

◆

Juliette s'est investie à fond. Comme elle le fait dans tout. Elle nous sert une glace au thé vert, faite maison.

— C'est divin, Juliette ! Je veux te marier !
— Et si on allait toutes ensemble à ton dernier rendez-vous ?
— Chez le médecin, toutes les cinq ?
— On pourrait t'attendre à l'extérieur. On serait là.
— Les filles, vraiment ? souffle-t-elle dans un rare élan d'émotion. Vous viendriez avec moi ?
Nous consultons nos agendas. Kim reportera un rendez-vous. Lili partira plus tôt de son tournage, Alex vérifiera si elle doit aller chercher les filles à l'école – une activité qu'elle avait omis de nous mentionner –, et moi, je suis disponible. J'ai les enfants. Ils viendront avec nous. La tribu sera complète.
— Toi Lili, tu ne dis rien à tes parents. Je ne veux pas les voir débarquer ! prévient Juliette, juste au moment où nous prenons notre *selfie* de groupe.
On y voit Kim qui éclate de rire, la bouche ouverte. Le fond de tête d'Alex, qui se penche en cachant son double menton, « plus évident » lorsqu'elle rit. Lili, le regard surpris. Elle assimile encore l'avertissement sur ses parents. Moi, les yeux plissés, les pommettes comme celles d'un écureuil qui fait ses provisions pour trois hivers, la tête tournée du côté de mon bon profil. Je ne l'oublie jamais. Et Juliette, celle qui ne veut pas d'enfants, avec sa petite coupe de cheveux, les yeux brillants. Heureuse de savoir qu'elle peut compter sur une famille.

Cette photo est ma préférée. L'image de cinq femmes qui sont là les unes pour les autres. Vivantes et survivantes de quelques tempêtes, elles sourient. Encore. Parce que ça, personne ne peut le leur enlever. Pas plus que la confiance et la fierté.
Et la liberté de choisir.

Remerciements

Un roman ne s'écrit pas seul. Au-delà de l'inspiration, il faut des instants tirés de son vécu, des bouts d'histoires empruntés, parfois volés aux autres. Merci à toutes ces femmes qui ont nourri mon imagination, souvent sans même le savoir.

Merci aussi à la plus critique des lectrices, Marie-Eve Gélinas, ma directrice littéraire, qui me fait croire qu'elle a toujours très envie de lire mes manuscrits. Et qui pourtant me les renvoie annotés, raturés. (Je l'écoute, elle a toujours raison.)

Merci à Marie Pigeon Labrecque, réviseure implacable, qui me rappelle notamment la chronologie de mes personnages. (Parce que les dates, le temps, ça compte bien peu pour moi.)

Merci à Axel Pérez de León pour cette couverture pleine de couleurs, de joie. Elle est à l'image de ce que j'avais en tête. (Je vais même la faire encadrer.)

Merci à Marike, à Véronique, à Madeleine et à Janie, de Groupe Librex. Puis aussi à Johanne Guay, qui a été la première à me faire confiance. Le monde de l'édition est fait de femmes. Et elles sont inspirantes.

Enfin, merci à mon amoureux, Denis, qui m'encourage à écrire, qui me fait retrouver le bonheur de la page blanche, même quand je doute. C'est bon d'avancer avec toi.

Pascale

Restez à l'affût des titres à paraître chez Libre Expression en suivant Groupe Librex :
facebook.com/groupelibrex

libreexpression.com

Cet ouvrage a été composé en Warnock Pro 11,5/16 et achevé d'imprimer en avril 2021 sur les presses de Marquis imprimeur, Québec, Canada.

Imprimé sur du papier 100% postconsommation, fabriqué avec un procédé sans chlore et à partir d'énergie biogaz.